Micheline Cumant

L'Étang à la Pierre Couverte

2021 Micheline Cumant
Édition : BoD – Books on Demand
12/14 rond-point des Champs-Élysées, 75008
Paris Imprimé par Books on Demand GmbH,
Norderstedt, Allemagne
Dépôt légal : Septembre 2021
ISBN: 9782322394524

« ... Il sentait la journée basculer
d'un coup
au fond d'un puits noir,
et une eau grise, froide, monter
en lui dont il remuait le goût fade
dans sa bouche »
Julien Gracq

« Le sang appelle le sang, et,
après le sang du prochain,
sa soif demandera
notre sang à nous »
Pierre-Jakez Hélias

Les personnages:

– Julien, marquis de Lière. Habite au domaine de Lière en Anjou.

– Georges, comte de Lière, cousin de Julien. Habite au manoir de Kerlanneg.

– Marie-Laure de Lière, épouse de Georges.

Leurs cinq enfants :

- Deux fils adultes, absents du domaine.
- Marie-Louise, 16 ans.
- Albane, 12 ans.
- Lise-Marie, 10 ans.

– Hélène de Trézent, demi-sœur de Georges, cousine de Julien, veuve, habite à Kerlanneg avec ses filles :

- Fabienne de Trézent, 24 ans.
- Adélaïde de Trézent, 13 ans.

– Renée Vallemomble, gouvernante d'Albane et Lise-Marie de Lière et d'Adélaïde de Trézent, cousine de Marie-Laure.

– Florence d'Ardanges, cousine des Lière, habite au manoir de Taberges avec sa fille :

- Pascaline d'Ardanges, 18 ans.

– Monsieur Du Coët, colonel en retraite, ancien maire de Rozenn, maire des Landes Guibert, habite au château de Dubrie.

– Docteur Vandoeuvre, maire de Rozenn.

– Commissaire de police Joël Thomas.

– Valentin, maître d'hôtel, au service de Georges de Lière depuis de nombreuses années.

– Ganay, régisseur de Georges de Lière.

– Abbé Castagner, curé des Landes Guibert.

– Monique Dormères, juge d'instruction.

L'action se passe vers 1963. Les lieux et les personnages sont fictifs.

I.

Bien avant qu'il ne puisse voir la voiture au détour du bosquet de peupliers, son cheval l'avait devinée ; il le sentait frissonner sous lui.

Tout en flattant l'encolure du jeune pur-sang pas encore habitué aux engins à moteur, et dont le mouvement des oreilles traduisait assez l'inquiétude, Julien de Lière chercha qui avait bien pu ranger son véhicule à cet endroit. Jamais un de ses familiers ne l'aurait fait : ils se garaient devant le manoir et non pas le long des écuries.

Mettant pied à terre, il fit passer calmement le cheval le long de l'automobile incongrue. Cela fait, il regarda autour de lui : personne ne semblait l'attendre.

Il rentra rapidement le cheval dans son box. Il finissait de le desseller et s'apprêtait à lui doucher les membres lorsqu'une voix jaillit dans son dos :

– Je vous cherchais...

Il se retourna en prenant soin de ne pas effaroucher l'animal.

– Fabienne ! Toi ? Que se passe-t-il ?

Les questions se bousculèrent dans sa tête. Que venait faire sa jeune cousine en ce lieu ? Pourquoi l'importuner ? Il faillit lui demander les raisons de sa présence avec peu d'affabilité, mais s'entendit dire :

– Il s'en est fallu de peu que je ne te reconnaisse pas. Tu es ravissante. »

Il avait conservé le souvenir d'une adolescente certes attractive par son regard étrange, mais plutôt gauche et empruntée, alors que devant lui se tenait une jeune femme approchant les vingt-cinq ans, pleine d'une vigueur atténuée par la finesse de l'ensemble. Bien qu'il ne fût pas d'une beauté académique, le visage était plaisant, les yeux appelaient d'autres regards, la chevelure châtain s'épandait sur les épaules en ornant de volutes les pommettes saillantes.

Il sortit du box et en referma le battant, sa mauvaise humeur tombée. Quoiqu'il s'en défendît, il ne dédaignait pas de converser de temps à autre avec une jolie femme. Fabienne devança ses questions.

– J'avais vraiment besoin de vous voir.

– Sûrement, sinon tu n'aurais pas fait tout ce trajet.

– Ce n'est pas si long, quand même...

Puis elle ajouta à voix basse, comme si elle craignait d'être entendue :

– Personne ne sait que je suis ici. Il faut que vous veniez à Kerlanneg. Rien ne va plus, là-bas. »

* * *

Dans le restaurant où il l'avait emmenée déjeuner, Fabienne parvenait de plus en plus mal à masquer sa nervosité. On les avait placés d'office à l'écart des autres clients : visiblement, son cousin avait là ses habitudes. Le décor, tout de douceur et de lumières tamisées l'avait d'abord mise à l'aise, mais maintenant, elle en venait presque à le considérer comme hostile, trop apaisant, à l'image de son vis-à-vis.

Celui-ci, en effet, parlait de tout sauf de ce pour quoi elle s'était dérangée. De politique — les allocutions télévisées du général De Gaulle, la fin des événements d'Algérie — du film *Lawrence d'Arabie*, des succès de ses chevaux en concours hippiques... Avec son esprit encore un peu enfantin, elle s'était convaincue que les paroles prononcées devant les écuries auraient aiguisé la curiosité de Julien, mais il n'en avait rien été ; cela l'agaçait, et même elle trouvait cette attitude étrange.

Ce ne fut qu'une fois les cafés apportés à leur table qu'il daigna cesser son bavardage. Il s'interrompit au milieu d'une phrase et laissa le silence s'instaurer, tandis qu'il la fixait. Puis de ses lèvres tomba un seul mot :

– Alors ?

La jeune fille fut tout à la fois surprise et soulagée. Il l'encouragea du regard.

– Vous savez, dit-elle, les yeux rivés sur sa tasse à café, je ne serais jamais venue vous importuner si vous n'aviez pas tant fait pour nous depuis la mort de mon père...

Se moquait-elle de lui ? Ce fut à son tour de se sentir mal à l'aise, car, vraiment, qu'avait-il accompli pour Fabienne, sa jeune sœur et leur mère, depuis le drame ? Il les avait d'autorité installées dans le château familial pour leur éviter des soucis matériels. À la suite de cet acte, il s'était plus ou moins brouillé avec les autres occupants du domaine. Ensuite, revenu sur ses terres, il s'était contenté, plus par lassitude que par désintérêt, d'envoyer quelques lettres, des cadeaux à sa filleule, la cadette de Fabienne, et d'apporter un vague soutien moral. Peu de choses, en réalité. Et cette gamine qui rouvrait cette plaie qu'il s'efforçait d'oublier !

Sans se douter de ce qui l'agitait, elle poursuivait :

– ... et mon oncle Georges, j'en suis sûre, n'a aucun droit à disposer de ces terrains, car toute la partie des terres comprises entre le lac et le bourg de Rozenn vous appartiennent avec le château et ses dépendances, n'est-ce pas ? Morceler Kerlanneg me fait du mal.

Il sourit en regardant ailleurs un instant, histoire de gagner quelques secondes. Que son cousin Georges cherchât à le gruger, il n'y avait là rien de bien nouveau, et, jusqu'à présent, il avait toujours échoué. Il s'était d'ailleurs invariablement moqué de ces petits coups bas. Avait-il jamais réclamé un centime à ceux qui logeaient sous son toit ? Mais on ne lui avait jamais proposé d'argent non plus, hormis la mère de Fabienne, ce qu'il avait fermement refusé. Mais de là à spéculer à grande échelle avec des biens lui appartenant, il y avait une marge ! Il admettait avoir des défauts, mais possédait au plus haut point le sens de l'intégrité du patrimoine familial. Lui-même n'avait pas distrait un arpent de l'héritage paternel. Il reprit la parole :

– Tu aimes beaucoup ce domaine, Fabienne ?

La réponse fusa :

– Comme une part de moi-même. Cela peut paraître stupide, à notre époque. Mais c'est comme ça, j'aime la vieille maison, le lac, les bois, les landes. Je me sens faible ailleurs, et forte là-bas. Kerlanneg me… c'est comme si elle me procurait ma sève, une sorte d'influx vital.

Sa voix avait vibré sous l'effet de l'émotion. Il songea que peu de jeunes devaient s'exprimer ainsi en ce siècle de futilité. Il en conçut quelque mélancolie et se sentit d'un coup très proche de sa cousine.

– Mais… tu me reproches, on dirait, de ne pas m'y intéresser suffisamment ?

– Quand même pas ! Mais je suis sûre que, pour vous, vos véritables racines sont ici, et non pas en terre bretonne.

– Que veux-tu… Si notre grand-père commun n'avait pas épousé une Kerlanneg, jamais ce domaine ne serait entré dans la famille, et vous auriez tous dû vous contenter de ce vieux manoir qui vit naître des générations de Lière…

Elle eut une moue. C'est injuste, songea-t-elle, il a l'air de considérer cette union ancienne comme une mésalliance ! Dans un certain sens, il n'avait pas tort. Si un Lière se trouvait déjà aux côtés de Robert Le Fort dès l'an 853 afin de défendre les Marches de Neustrie[1] contre les Normands, cette si antique famille ne fut jamais que de toute petite noblesse, jusqu'à l'élévation de la baronnie en marquisat par lettres patentes du roi Louis XVIII qui récompensait là de vaillants chouans. En revanche, les Kerlanneg, souvent cités dans l'histoire des courtisans, étaient d'une noblesse récente, des fermiers généraux du dix-huitième siècle ayant racheté un titre, et d'une opulence un peu trop voyante aux yeux de pauvres hobereaux fort peu distincts de leurs paysans. Tout cela, Fabienne le savait et, au fond d'elle-même, comprenait que son cousin préférât le berceau de sa famille aux fastes relatifs du domaine d'Armorique, entièrement aux mains des Lière puisque la lignée des Kerlanneg s'était éteinte.

Cette réflexion avait duré seulement quelques secondes, mais il permit à Fabienne de se détendre et de continuer sa requête. Le plus dur restait à dire. Elle s'entendit demander :

– Viendrez-vous ? Il *faut* que vous veniez...

---

[1] L'Anjou.

– Je verrai, dit-il, surpris du ton soudain véhément de la jeune femme.

– Tout cela est grave...

– Bien sûr, mais je peux résoudre ce problème par notaires interposés. Tu sais que je n'aime pas aller là-bas... Te voir, ainsi que ta mère et ta sœur, passe encore, mais...

Elle se crispa, serra les poings, les jointures de ses doigts blanchirent, sa voix baissa et elle murmura :

– Je vous en prie, Julien, dites-vous que je ne suis ni folle ni imaginative, et vous devez me croire...

Il fut surpris par ce ton inattendu, où transparaissait la peur. Il fit celui qui ne s'en était pas rendu compte et l'écouta, d'abord avec indulgence, puis avec un intérêt grandissant.

II.

Les bruits du petit village s'étaient tus depuis longtemps. Bien qu'il fût près de minuit, une lueur filtrait par une des fenêtres du château de Dubrie. L'insomnie tenait éveillé Monsieur Du Coët.

Il avait beau tourner et retourner dans sa tête les données du problème, il ne voyait pas comment lui trouver une solution. Il devait, pourtant, se montrer à la hauteur de sa tâche, comme il l'avait toujours été jusqu'à ces jours derniers... Il avait peur, cette fois, d'être contraint par les événements au lieu de les provoquer.

Mais le pire était peut-être qu'il ne savait à qui se confier. Il y aurait bien ce jeune officier qu'il avait eu un temps sous ses ordres et à qui l'unissait une affection presque filiale, mais pouvait-il lui écrire ? Et à quel titre ? Si Gérard, son fils aîné, avait été là... Gérard ! Une croix blanche dans un cimetière militaire d'Asie, dans une moiteur tropicale, une page douloureuse pour le pays... ses décorations qu'il préférait aux siennes, des souvenirs lointains d'une incroyable vitalité... Les visages de ses enfants défilèrent devant ses yeux, il eut l'impression que tous paraissaient l'interroger silencieusement... Marie-Alix, exilée en Gironde... Pierre-Louis, le moine...

Ses yeux se fermèrent un instant. Non, vraiment, aucun de ses enfants ne pouvait l'aider. Peut-être Pierre-Louis, en raison de sa vocation, mais pourrait-il l'arracher à un monastère où il coulait des jours si sereins pour l'atteler à un problème qui n'était peut-être que le fruit de son imagination ?

Il songea à sa femme, morte depuis dix longues années. Qu'aurait-elle fait en ces circonstances ? Elle aurait prié, d'abord, car elle était très croyante. Mais sur le plan humain ? N'aurait-elle pas eu peur, en dépit de ses certitudes ? Et même, aurait-elle compris ce qui le tourmentait ?

D'un geste rageur, il repoussa le carnet et le sous-main de son bureau et se leva, puis arpenta à grandes enjambées la chambre aux murs ornés d'anciennes tapisseries allégoriques. Au gré de ses pas, le miroir du trumeau de la cheminée lui renvoyait l'image d'une figure que se partageaient la bonté et la sècheresse, très typique de l'ancien officier de cavalerie qu'il avait été jadis. Il s'approcha de la glace, examina les paupières lourdes de tracas et de fatigue qu'elle reflétait. Était-il possible qu'il soit dans cet état ?

La blancheur des draps du lit l'éblouissait, mais il fixait les endroits les plus éclairés, essayant de démêler l'écheveau de ses pensées. Il regarda encore le miroir, ce visage épuisé lui signifia clairement qu'il avait besoin d'aide.

Demain, il écrirait.

* * *

Fabienne dormait d'un sommeil peuplé de songes confus. Elle avait eu du mal à s'assoupir, étant encore habitée des images de cette journée au déroulement inattendu, si fertile en événements. Personne ne l'avait trop précisément questionnée sur son absence, pas même sa sœur Adélaïde qui, sur un regard appuyé, avait réfréné la curiosité de ses treize ans. Mais il était clair que demain, ou plus tard, elle ne pourrait échapper à cette inquisitrice. Seule ombre au tableau, elle avait surpris, dans la grange où l'on rangeait les véhicules des hôtes de Kerlanneg, son oncle, manifestement en train de relever le kilométrage de sa voiture. Elle n'avait pas osé penser qu'il soupçonnait le but de son voyage.

La jeune femme avait longuement ressassé les conséquences qui pourraient découler de cette indiscrétion, puis elle s'était endormie, et elle cheminait maintenant, ayant la sensation de flotter dans l'éther, au sein de myriades d'étoiles se détachant d'un ciel inconnu traversé de fulgurations d'un rouge sanglant. Elle sentit son esprit quitter cette galaxie hostile, être porté au gré des vents vers une immense vallée bordée de hauts pics dont l'extrémité disparaissait dans le brouillard. Les confins de cette vallée, emplis de brume, empêchaient de voir le sol, on ne distinguait qu'un amoncellement de roches grises, elle eut l'impression de reconnaître la lande qui couvrait le paysage des alentours.

Ce fut le bruit inaccoutumé qui l'extirpa de son rêve. Un instant, elle crut qu'il en faisait partie, et ferma de nouveau les paupières. Mais le bruit continua. Elle tâtonna dans l'obscurité avant de trouver le commutateur de sa lampe de chevet. L'irruption de la petite lumière accentua l'acuité de ses sens. Elle tendit l'oreille : le bruit persistait, quoique plus faible. Un rôdeur ? La chose était difficilement envisageable. Les deux dobermans qui étaient lâchés dans le parc dès la tombée de la nuit ? Elle connaissait et aimait suffisamment les chiens pour distinguer leurs ébrouements significatifs.

Brusquement, une chape d'angoisse l'étreignit : si, dehors, il y avait quelque chose d'étrange, pourquoi les chiens n'aboyaient-ils pas ? Elle se leva et colla son visage à la vitre, mais la nuit était d'encre, elle ne put rien discerner.

« Bon, j'ai dû faire un cauchemar », pensa-t-elle. Mais, en retournant vers son lit, elle sut que ce n'était pas un songe, que quelque chose d'anormal avait brui autour d'elle. Son corps fut parcouru d'un frisson, et elle revint se coucher, l'oreille aux aguets.

Il y eut de petits bruits, des craquements de branches, puis un jappement familier. Maintenant, tout allait bien. Elle sentit les prémices de l'aurore se dessiner derrière les volets clos lorsque le sommeil la reprit.

III.

Julien de Lière s'immobilisa, la lettre toujours dans sa main, surpris par une rafale qui avait fait claquer un volet à l'étage. Il se leva et alla ranger lettre et enveloppe dans le tiroir de son bureau. C'était au moins la dixième fois qu'il la relisait, et il aurait pu la réciter par cœur tant chaque mot s'était gravé dans sa mémoire. Au fond, il était plutôt flatté qu'un homme aussi estimable que le colonel Du Coët l'appelle à l'aide. L'ancien officier poussait même la délicatesse jusqu'à mesurer l'ampleur du sacrifice qu'il lui demandait, à lui, Julien de Lière. D'une certaine manière, il se sentit heureux, cela lui faisait plaisir de retrouver l'ami de ses jeunes années. Mais le destin ménage parfois de douloureux hasards : pourquoi avait-il fallu que Monsieur Du Coët s'installe à proximité immédiate de sa famille, tout près de Kerlanneg ?

Pouvait-il refuser ? Et quels arguments valables avancer ? Avec Fabienne, il lui avait été facile d'éluder la question, en mettant l'affaire sur un plan juridique, solvable entre hommes de loi. Mais on manipule plus aisément une personne jeune qu'un vieux cavalier, qui plus est son ancien mentor.

Il sortit de la pièce, gravit lentement l'escalier menant aux étages. La fenêtre claqua encore à plusieurs reprises, la maison même se battait avec sa chair de pierre contre les assauts du vent en gémissant, un peu comme si elle voulait l'avertir de quelque chose, le mettre en garde contre des tempêtes toujours plus violentes... Des bourrasques aussi fortes n'étaient pas courantes dans la région, alors qu'elles étaient quasi quotidiennes là-bas.

En refermant la fenêtre rebelle, il pensa qu'il était vraiment stupide de se laisser aller à de telles suggestions. Ce devaient être le récit de Fabienne et la lettre de son ami qui lui travaillaient l'esprit. Mais il était dit que les fantômes de ces deux personnages l'escorteraient sans relâche durant la journée qui suivit, jusqu'à lui faire prendre la décision qu'ils espéraient. Finalement, il prit ses dispositions pour une absence dont il ne pouvait déterminer la durée.

Le lendemain matin, le vent était tombé, un beau soleil le trouva fin prêt, faisant chauffer le moteur de sa DS19.

Il y avait une centaine de kilomètres entre le manoir de Lière et Rozenn, chef-lieu de canton dont dépendaient le hameau des Landes Guibert et les châteaux de Kerlanneg et de Dubrie. Il roula calmement et arriva à Rozenn à l'heure du déjeuner par une route qu'il affectionnait, car, après un tournant, elle permettait de découvrir en un coup d'œil la petite ville, son puissant donjon, seul vestige d'une forteresse dont on devinait encore des pans de murs ruinés, les flèches élancées de son église, les vieilles maisons de granit et la chapelle romane, rare en terre bretonne, qui veillait sur les murs du cimetière.

Il lui restait cinq kilomètres à faire avant de parvenir à Kerlanneg. Il décida de déjeuner dans le bourg pour respirer l'air du pays.

Il gara sa voiture devant l'unique hôtel-restaurant. Quelques enfants la regardèrent avec curiosité, et un petit garçon montra la DS19 noire en disant : « Tiens, la même que celle du général de Gaulle ! ». Amusé, il lui adressa un clin d'œil complice. Pourtant, il n'avait qu'à repasser dans sa tête les termes de la lettre du colonel pour savoir que les problèmes allaient commencer.

Il n'avait prévenu personne de sa venue, et il était improbable que Fabienne ait divulgué son escapade en Haut-Anjou. L'effet de surprise serait donc total. Tout ce qui en lui appréciait le côté théâtral de l'existence se réjouissait à l'avance.

Après un déjeuner correct, il flâna quelques instants dans la bourgade avec l'impression grandissante qu'on l'épiait, que sa démarche, ses attitudes, étaient commentées, discutées. En revenant à son véhicule, il eut soudain l'envie irraisonnée de fuir cet endroit, de retourner sur ses pas. Il regarda longuement la place de l'église, comme s'il avait pu y trouver l'origine de son angoisse d'un moment, puis monta dans sa voiture et prit le chemin des Landes Guibert.

Quelques minutes après, il s'arrêtait devant le porche d'entrée du castel de Dubrie qui séparait l'unique place du hameau de la cour du château proprement dit, ou plutôt de ce qui demeurait de l'ancien fort, en grande partie pillé et incendié par les révolutionnaires. De ce fief chouan, il ne restait qu'un étroit corps de bâtiment encadré de deux puissantes tours de défense n'offrant d'autres ornements que des travées de baies sévères à meneaux. Le granit des maçonneries, la noirceur des toits d'ardoises séculaires ajoutaient encore à l'austérité de l'ensemble. Seule la cour et, à l'opposé, le parc plein de fleurs apportaient une note de gaieté.

Combien de fois, au cours de sa prime enfance, les hautes tours, à l'époque à demi-ruinées, l'avaient fait rêver, évoquant alors quelque antre diabolique. Mais, maintenant, rien ne subsistait des anciennes dégradations : Monsieur du Coët, lorsqu'il avait racheté ce château ayant jadis appartenu à une branche de sa famille, avait bien fait faire les choses. Le castel respirait une solidité sévère, mais harmonieuse.

La grille du porche était entrouverte, il se glissa dans la cour. Un horrible bâtard vint à sa rencontre, le renifla puis aboya, aboiements auxquels répondirent plusieurs autres jappements : Monsieur Du Coët aimait toujours autant les chiens. Il s'avança vers un perron qui enjambait les douves maintenant asséchées, puis fit tinter une lourde cloche qui surmontait le bois massif de la porte d'entrée.

Il dut attendre longtemps avant de percevoir un lointain bruit de pas, puis un des battants s'ouvrit sur la figure ridée d'une vieille servante. Il déclina son identité et fut surpris de voir le visage de la domestique s'éclairer :

– Monsieur le Colonel espérait votre venue. Entrez vite.

IV.

Après avoir manqué insulter grossièrement la gouvernante de ses enfants, Georges de Lière, une fois seul dans son cabinet de travail, égrena une série de jurons peu recommandables à des oreilles innocentes pour passer ses humeurs.

Pourtant, la journée avait bien commencé : il avait vendu avantageusement un poulain de son élevage. Ensuite, son régisseur et homme à tout faire était venu lui annoncer qu'une certaine affaire était sur le point de se conclure favorablement. Toutefois, lors du déjeuner, il avait senti fondre sa bonne humeur à cause d'une phrase intempestive prononcée par Marie-Louise, sa propre fille aînée :

– Alors, père, a-t-on découvert quelque nouveau cadavre aujourd'hui ?

Entendant cela, il avait fortement regretté qu'après leur quinzième anniversaire on autorisât les enfants à parler à table, et l'envie lui avait démangé de ne pouvoir séance tenante faire usage de son fouet de chasse sur le dos de l'insolente. Encore heureux que Fabienne n'ait pas été présente, elle qui, par hasard, avait eu le malheur de découvrir les deux morts, peu de gens savaient cela. Mais aussi, avec sa manie de sortir à cheval aux aurores !

Fabienne... s'il avait été superstitieux, il aurait été tenté de croire que la fille de sa demi-sœur avait le mauvais œil, qu'elle semblait attirer la mort et les catastrophes... Mais il était — du moins s'efforçait-il d'être — un esprit pragmatique, en même temps qu'un bon catholique... En tout cas, il n'avait aucun doute sur l'identité de la personne qui avait fait venir Julien à Kerlanneg. Cette arrivée avait été le couronnement désagréable de la journée. Et maintenant, il devait aller se changer pour le souper au cours duquel il serait dans l'obligation de supporter son cher cousin.

À dire la vérité, il ne le détestait ni ne l'aimait : il l'agaçait. Très imbu de lui-même, Georges acceptait difficilement que son cousin, seul descendant de la branche aînée de la famille, mais plus jeune que lui, porte le titre de marquis et ait reçu en héritage une grande partie des possessions familiales, alors que lui devait se contenter d'une part des terres de Kerlanneg et de solides revenus. Vingt fois, il avait proposé à Julien de lui racheter Kerlanneg, arguant qu'ainsi le domaine ne sortirait pas de la famille, mais il s'était toujours heurté à un refus. Un autre que Georges aurait fait sa vie ailleurs, mais il détestait le changement et n'aurait jamais imaginé vivre autre part que dans la maison natale.

La cloche du hall tinta une première fois ; dans un quart d'heure, elle signalerait qu'il ne restait aux hôtes du château que cinq minutes avant que ne débute le repas. Plus encore que Monsieur de Lière, Valentin, le vieux factotum, n'admettait pas le moindre retard.

Justement, à l'office, Valentin avait interdit que l'on discutât des raisons du retour inopiné du marquis. Il ne pouvait plus supporter les bavardages imbéciles des deux petites servantes et de l'aide-jardinier, déjà suffisamment « remontés » par la découverte de ces malheureux dont on avait retrouvé les corps au bord de l'étang. Il n'aurait plus manqué qu'ils manifestassent de la curiosité déplacée quant au retour du maître.

Julien avait gagné avec plaisir ses appartements dont les baies ouvraient sur le lac lointain cerné par la lande et le parc, et fumait tranquillement en contemplant le paysage en train de se préparer à la nuit qui tombait.

L'assoupissement du décor redevenu familier calmait son esprit d'abord enfiévré par les révélations troublantes de Monsieur Du Coët, et ensuite perturbé par cette arrivée au bercail si lourde de significations. Il dut quelque peu se forcer pour admettre qu'il éprouvait un certain contentement à présider de nouveau un repas familial.

D'autorité, Valentin avait installé le marquis à la place d'honneur de la grande table ovale où, lui fut-il spécifié, les plus jeunes enfants n'étaient acceptés que pour fêter sa venue. Mais Julien remarqua que les attentions du majordome à son égard indisposaient visiblement le maître de maison et son épouse Marie-Laure, une personne qui avait été autrefois très jolie, mais dont le visage semblait toujours courroucé par système et par goût, ainsi qu'il convenait, croyait-elle, à une comtesse, de surcroit mère de cinq enfants qui, elle en était certaine, ne manqueraient pas un jour de la faire trépasser… oubliant que les deux aînés étaient adultes, et qu'il y avait une gouvernante pour les plus jeunes.

Renée Vallemomble, reléguée en bout de table, était une longue femme dans la trentaine, sèche et austère, qui aurait pu présenter un attrait relatif si ses yeux avaient eu quelque étincelle de bonté. De plus, tout dans son attitude dénotait qu'elle ne se résolvait que difficilement à être la parente pauvre de la famille. « Une cousine de mon épouse, totalement seule au monde » disait d'elle Georges.

Les enfants contrastaient d'avec leur mentor : Albane et Lise-Marie, les dernières filles de Georges, âgées respectivement de douze et dix ans, ainsi qu'Adélaïde de Trézent, la jeune sœur de Fabienne, qui avait un an de plus. Toutes trois, joliment habillées, n'auraient pas déparé un tableau de Véronèse par leur charme harmonieux, et qu'elles fussent réduites au silence ne les empêchait pas de jeter au marquis des coups d'œil curieux et déjà complices.

De sa filleule, le regard de Julien glissa vers la mère de celle-ci, Hélène de Trézent. En dehors de Fabienne et des enfants, elle seule paraissait vraiment contente de le voir. Il avait conservé d'elle le souvenir d'une femme accablée par son veuvage et la mort accidentelle de sa deuxième fille qui avait suivi. Si ses yeux étaient à jamais attristés, les traits de son visage avaient retrouvé une grâce et une énergie qui traduisaient une farouche volonté d'appréhender la vie sous toutes ses formes.

Fuyant le regard de Fabienne qui faisait face à sa mère et ne cessait de l'observer avec une lueur de victoire dans les prunelles, il s'attarda quelques instants sur Marie-Louise, une adolescente de haute taille qui aurait été de tournure banale sans ses extraordinaires cheveux auburn qui servaient de fond de décor à une peau d'albâtre, et surtout à un regard d'un vert légèrement empreint de gris très pâle. « Elle a bien les yeux des Lière, celle-là », songea-t-il.

La voix de son cousin le fit émerger de sa discrète reconnaissance.

– Et comment se porte le berceau familial, mon cher Julien ?

– Fort bien. Le domaine est toujours intact.

– J'en suis heureux.

Le ton du châtelain venait de se durcir. Madame de Trézent prit la parole.

– Parlons un peu de vous, mon ami. Quand vous déciderez-vous à prendre femme ?

– Je crains hélas de ne pouvoir jamais rencontrer d'aussi charmante mère de famille que vous, ma chère Hélène.

Fabienne intervint sur le ton de la plaisanterie :

– Attention, Julien, pas de badinage, vous êtes le cousin de Maman, et les unions entre proches parents… »

Les enfants se retinrent à grand-peine de rire, Hélène, elle, ne se retint pas. La conversation redevint générale. Georges, qui s'était raidi durant l'échange, s'aperçut qu'un sourire flottait sur le visage impassible de Valentin. Il en conçut de l'aigreur. Tournant la tête vers son fils cadet, il remarqua aussi l'expression imperceptiblement narquoise qu'arborait le jeune homme, de passage au domaine avant de rejoindre son régiment. Qu'avaient-ils donc tous contre lui, ce soir ?

V.

À l'heure convenue, la voiture arrivait à Dubrie. Quelques instants après, Monsieur Du Coët y prenait place. Puis le véhicule prit la direction de Rozenn. Dans le bourg, elle s'arrêta devant une grande maison dont le jardin occupait à lui seul presque la longueur entière de la petite rue.

Sans se préoccuper de la sonnette, Julien de Lière et son ami poussèrent la grille, contournèrent le bâtiment et entrèrent par une étroite porte latérale ouvrant sur un bureau.

Le Docteur Vandoeuvre avait attendu ses visiteurs avec un peu d'angoisse : il lui déplaisait de mêler à cette affaire un inconnu, même introduit par quelqu'un d'aussi estimable que le colonel. Pourtant, il ne pouvait rien refuser à celui-ci : longtemps maire de Rozenn, Monsieur Du Coët, las et blasé, s'était depuis peu replié sur les Landes

Guibert et avait présenté le docteur comme son futur successeur lors de la dernière consultation municipale.

Mais il n'y avait pas que cette dette morale qui unissait les deux hommes. Dans cette campagne où les occasions de voisinage sont limitées, le médecin était l'une des rares personnes à avoir eu l'heur de plaire au maire du village. Dès que ses fonctions l'appelaient non loin des Landes Guibert, Vandoeuvre ne manquait jamais d'aller voir son ami, tous deux entamant de longues discussions qui réjouissaient son esprit curieux.

Aussi, malgré ses réticences, reçut-il très aimablement ses visiteurs. Très vite, le marquis sut le mettre à l'aise, il parut un homme sûr au médecin, qui n'eut plus de scrupules à pénétrer dans le vif du sujet.

Après quelques échanges liés à l'affaire, le praticien alla ouvrir un coffre-fort et en retira une chemise cartonnée qu'il déplia sur son bureau, en tenant à avertir ses interlocuteurs :

– J'espère que vous comprendrez qu'il m'a fallu agir discrètement pour prendre ces épreuves, mais la curiosité fut la plus forte. Regardez ces expressions.

Il tendit deux photographies à Monsieur de Lière. Celui-ci les examina longuement, et le changement des traits de sa physionomie disait bien son étonnement. Il les rendit à Vandoeuvre.

– Je n'ai jamais rencontré, même dans mes pires cauchemars, de tels visages de terreur.

– Et moi qui, hélas, ai vu bien des morts durant les guerres, surenchérit l'ancien officier, il ne semble pas me souvenir de regards si horrifiés.

Monsieur de Lière demanda au médecin des précisions sur les deux morts.

– Le premier était le père Tranchard, comme on le nommait dans le pays. Un cultivateur retraité installé aux Landes Guibert, sans doute un peu braconnier sur les bords, ce qui explique qu'il soit sorti de nuit malgré sa mauvaise santé, mais un bien brave homme.

– Il était malade ?

– Cardiaque. La machine était usée. Je lui avais demandé de se ménager, mais ces vieux paysans qui ont trimé pire que des chiens durant toute leur vie ne peuvent se résoudre à l'inactivité, ce serait pour eux un déshonneur. Lorsque Mademoiselle de Trézent le trouva, il avait vraisemblablement succombé à un arrêt du cœur.

Le marquis toussota :

– Vous avez signé le permis d'inhumer ?

– Bien sûr ! À l'exception de ce regard, tout était normal. Vous n'allez pas autopsier un cadavre sous prétexte qu'il porte dans ses yeux la peur de la Faucheuse. À ce compte-là, il faudrait ouvrir la quasi-totalité des personnes décédées !

Monsieur Du Coët approuva de la tête et alluma sa pipe de bruyère.

– Venons-en maintenant à la mort de cette Madame Gémasse…

– Deux sœurs, des touristes, descendues à l'hôtel. Elles recherchaient le calme, avaient-elles dit. L'une d'elles, Albertine Gémasse, férue de nature, était la veuve d'un épicier de Poitiers. Elle appréciait particulièrement les promenades matinales dans la campagne… Mais vous savez sans doute déjà tout cela ?

Ses interlocuteurs hochèrent la tête.

– C'est sur un plan médical que j'aimerais avoir votre opinion, reprit Julien. Sans, bien sûr, vous faire trahir le secret médical.

– Trois jours après leur arrivée, je fus appelé au chevet de Madame Gémasse : elle souffrait de la poitrine, j'ai diagnostiqué un souffle au cœur.

– Donc, sa mort vous a paru naturelle ?

– Disons, intervint Monsieur Du Coët, que vous avez eu des scrupules à délivrer l’autorisation d’inhumer. Mais ni la sœur de la morte, en dépit de sa grande affliction, ni les gendarmes ne trouvèrent rien de suspect dans ce décès.

– Pas même la coïncidence des lieux ?

– L’endroit est plaisant, vous le savez, et on avait déjà vu les deux sœurs sur le chemin du dolmen, au bord du lac.

– Elles possédaient une voiture ?

Le docteur parut surpris.

– Oui... je crois... oui, une Dauphine. Pourquoi ?

– Comme ça... Je pense que l’on a retrouvé la voiture sur la route des Landes, car il y a bien quatre kilomètres de Rozenn au lac ?

Le médecin se leva, en proie à une émotion visible.

– Bon sang ! Vous avez touché du doigt un point important : il n’y avait pas de voiture. Serait-elle venue à pied ? Difficile à envisager. Et pourquoi ? Et moi qui ai signé le permis d’inhumer !

– À quand remontait la mort ?

Ce fut Monsieur Du Coët qui répondit :

– Mademoiselle de Trézent a découvert le corps aux alentours de sept heures-sept heures quinze. Nous pensons qu'il y avait une bonne heure que cette pauvre femme était morte.

– Alors, poursuivit Monsieur de Lière, pourra-t-on m'expliquer ce qu'une femme d'un certain âge, malade, originaire de Poitiers, allait faire près du lac à six heures du matin en ayant parcouru quatre kilomètres à pied ?

Il ajouta doucement :

– Et pourquoi semblait-elle avoir vu le Diable ? »

* * *

Monsieur Du Coët s'extirpa de la voiture de son ami, avec quelques difficultés à cause de son genou qui lui rappelait de temps en temps son existence et prévoyait la venue de l'humidité. L'opération terminée, il posa une main affectueuse sur l'épaule de son cadet :

– Resterez-vous déjeuner avec moi, Julien ? J'aimerais évoquer quelques souvenirs en votre compagnie. Ils nous distrairaient de ces sombres événements.

– Cela m'est malheureusement impossible, mon colonel. Je suis attendu à Kerlanneg, et tantôt je dois avoir une explication avec mon cousin.

– Je vois, je vois...

Monsieur Du Coët darda son regard dans celui de son vis-à-vis.

– Julien, ai-je eu raison de cacher à Vandoeuvre ce que je soupçonne ?

– Je le crois. Le docteur est un matérialiste, et qu'il soit déjà alarmé par ces visages d'angoisse suffit pour l'instant à ébranler ses convictions. Ne le brusquons pas.

– Vous avez probablement raison, mais je n'aime pas avoir des mystères pour mes amis... Enfin... »

Ils se quittèrent là-dessus, plus émus l'un et l'autre qu'ils ne voulaient l'admettre, et Julien regagna Kerlanneg.

* * *

Lise-Marie avait beaucoup pris sur elle-même depuis le début de l'après-midi pour ne pas se laisser envahir par la crainte, mais maintenant elle sentait ses yeux s'embuer en dépit de sa volonté. Elle essaya de refouler ses larmes sans succès, son cerveau bloqué lui refusait tout service. Pourtant, ce n'était pas elle qui souffrait... Mais cela allait peut-être venir. Elle espéra que quelqu'un entrerait dans cette pièce qui servait de salle d'étude et interromprait le douloureux conflit opposant sa sœur Albane et leur gouvernante.

Celle-ci reposa pour la quatrième fois la même question à la petite fille qui lui faisait face, les joues aussi empourprées par la gêne et la honte que par les gifles reçues.

– Et alors, ma petite Albane, que faisiez-vous dehors cette nuit ?

L'intonation était glaciale, mais n'amena aucune réponse. Nouvelle gifle, suivie d'un gémissement vite étouffé.

– Je vous ai vue ! Que faisiez-vous dehors ?

L'enfant leva vers son bourreau un regard d'un bleu très pur, à la fois candide et buté.

– Allez-vous répondre, à la fin ?

La gouvernante savait très bien qu'au fond, le jeu n'en valait pas la chandelle, qu'elle se moquait de ce que cette sale gamine avait pu faire cette nuit. Cependant, tous les jours, il lui fallait affermir son pouvoir, rechercher l'affrontement pour asseoir son autorité. Elle la materait, cette gosse obstinée, oui, elle aurait le plaisir de la voir fléchir, pleurer, implorer. Elle regarda ses deux autres élèves avec satisfaction : Adélaïde tremblait de peur et Lise-Marie pleurait franchement. Il était vrai qu'elles étaient plus malléables. Cette Albane, elle allait en faire une telle loque que toutes les trois, après, lui mangeraient dans la main.

Toute à sa hargne, elle ne voyait pas le regard à la fois terrorisé et haineux qu'Adélaïde promenait sur elle.

La gouvernante répéta sa question une dernière fois, Albane ne répondit pas, baissa la tête en fixant ses genoux comme s'il n'y avait que cela d'important au monde. Ses lèvres frémissaient, elle sentait les larmes monter. Mademoiselle Vallemomble se tourna vers le bureau, ouvrit le tiroir, et saisit les ciseaux, les contemplant. Elle se souvint d'une directive de Madame de Lière : si une bonne gifle ou une fessée pouvait remettre les idées en place à une gamine insolente, il ne fallait pas toucher au physique des enfants, ne pas leur faire avaler des substances telles que l'huile de ricin, qui n'était pas forcément bonne pour leur santé, ne pas leur couper les cheveux... Elle regretta cette recommandation : à la fin de la guerre, il y avait eu assez de jeunes femmes tondues pour avoir fait... enfin, ce qui ne se fait pas, et elle jugeait ce genre de châtiment encore trop doux, n'imaginant pas ce qui avait pu parfois arriver après, quand les hommes emmenaient ces personnes à l'écart. Elle jeta un bref regard sur les nattes de ces demoiselles… cela leur aurait appris à obéir ! Mais Madame avait dit… Tiens… la cravache… Elle la sortit du tiroir, la considéra un instant, et finalement la remit et referma. Pas tout de suite, mais ce pourrait être utile…

Elle referma le tiroir et revint vers la petite qu'elle gifla à nouveau :

– Cette fois, m'expliquerez-vous, espèce d'insolente ?

– J'étais folle, j'étais folle, j'étais folle… gémit la fillette.

La gouvernante eut un mauvais sourire. Ce n'était pas une réponse, cela. La séance allait pouvoir continuer. Mais, comme d'un commun accord, Adélaïde lança son cahier par terre et se leva, en même temps que Lise-Marie, et toutes deux se précipitèrent vers la porte, suivies par Albane. Mademoiselle Vallemomble attrapa Albane par une de ses nattes, mais la gamine se dégagea et sortit en courant.

La gouvernante esquissa un pas, puis renonça à les poursuivre, les filles couraient plus vite qu'elle. On verrait ce que penseraient leurs parents d'une telle réaction de désobéissance…

VI.

Content de lui, et aussi des autres, le marquis de Lière s'était assoupi en songeant avec satisfaction à la manière dont il avait fait rendre gorge à son cousin afin de mettre définitivement un terme à ce qu'il appelait sa folie des grandeurs. À présent, il dormait paisiblement, bercé par les murmures des souffles levés avec la nuit qui serpentaient mélancoliquement entre les ramures des grands arbres.

Il était endormi, mais son esprit voyageait dans la pénombre, soudainement alerté par une lueur falote qui scintillait doucement dans le clair-obscur de la nuit étoilée entre les troncs pressés des futaies enserrant l'étang aux eaux noires. Qui pouvait rôder ainsi autour du château en pleine nuit ? Qu'était-ce que cette silhouette menue qui progressait lentement vers le lac en faisant danser le point lumineux ? C'était une toute petite forme, vague et symbolique, une esquisse inachevée d'un corps adulte, une réduction incompréhensible de l'image d'un être humain. Un enfant, comme vu au travers d'un miroir ? Il fut convaincu qu'il y avait là, dehors, une petite fille qui se déplaçait entre les frondaisons. Et il était plus de minuit ! Curieuse idée de se promener à cette heure-là...

Il se réveilla lentement, le songe devenait réalité, il se demandait s'il devait sortir pour ramener la fillette... Il se leva brusquement, percevant des bruits à l'extérieur, ne parvenant pas à démêler ce qui avait appartenu à son rêve et ce qui s'entendait réellement par-delà les fenêtres dont il hésita à s'approcher... Il ne souhaitait pas que la chose fût réelle, cette lumière près de l'étang...

Et surtout, il y avait le bruit, ce bruit qui ne cessait de gémir en contrebas de sa chambre, un chuintement que nul mot humain n'aurait pu décrire exactement, un bruit de reptation, de halètement. Il lui sembla étrange que rien ne bouge à l'étage, qu'il soit le seul à l'entendre, les autres occupants de la maison devaient être plongés dans le sommeil... Peut-être connaissaient-ils ce bruit et n'y prêtaient-ils plus attention ?

Son anxiété se précisa, il lui fallait absolument faire quelque chose, sortir de cette immobilité, passer de l'état de spectateur à celui de chasseur. Il se parla à voix basse, comme s'il voulait s'assurer qu'il vivait encore, sa voix sonna, amplifiée par l'immensité de la chambre haute de plafond.

Brusquement, le phénomène s'arrêta, un chien jappa dans le lointain. Il prêta l'oreille, attentif au moindre signe de l'horrible bruissement, mais le son étrange ne lui parvenait plus. Avait-il rêvé ? Souffrait-il d'illusions ? Il tâtonna sur sa table de nuit, trouva son briquet, l'actionna. Pas un souffle ne vint faire vaciller la flamme timide. Il alluma la lampe de chevet, tout était normal. Par la fenêtre, on ne voyait que l'obscurité, par instant traversée par un éclat de lune sur les arbres. Tout semblait être redevenu normal.

* * *

Le chien gisait sur le flanc, son poil fauve maculé de sang. Autour de lui, des aliments à demi digérés souillaient le sol de l'allée. Il avait été éventré, puis éviscéré ; de ses intérieurs, il ne restait que des lambeaux d'organes et de nerfs.

Agenouillée aux côtés de son chien, Fabienne pleurait amèrement, sans retenue et sans honte, malgré la présence de l'adjudant Cormier auprès d'elle. Julien s'approcha et elle saisit sa main, s'y cramponna, Julien la sentait frémir. Il pressa sa main puis se dégagea lentement pour venir à la rencontre de Georges de Lière qui discutait avec le sous-officier et un subordonné. C'était Madame de Trézent qui avait prévenu la gendarmerie.

— Alors, Monsieur Cormier ? demanda le châtelain de Kerlanneg.

Le gendarme ne répondit pas tout de suite, il fit signe à ces Messieurs de le suivre hors de portée d'une Fabienne accablée. Ils lui surent gré de sa discrétion.

– Alors ? répéta Georges.

– Je n'ai jamais vu une chose pareille... Je ne sais pas si Monsieur le Comte me croira, mais le chien n'a pas vraiment été éventré...

– Pardon ?

– Je veux dire qu'on ne s'est pas servi d'un instrument pour lui ouvrir le ventre.

— Comment cela ? demanda Julien.

– Cela va vous sembler incroyable, mais je pense qu'il a été éventré à mains nues. Je ne puis relever aucune trace de couteau, ou d'instrument tranchant. Si le vétérinaire le confirme, nous serons en présence d'un cas difficile...

– Et insoluble, je le crains, compléta Georges.

– Une vengeance, peut-être ?

– Mes chiens n'importunent personne, adjudant. Même si cela était, pourquoi s'en prendre de cette façon à ce malheureux border collie qui, lui, était rarement dehors la nuit. Il serait plus facile à un éventuel malveillant de s'attaquer aux dobermans qui sont lâchés le soir. Et vous n'avez ce me semble enregistré aucune plainte à leur sujet, le domaine est isolé, il est normal d'avoir des chiens de garde.

– Alors, croyez-vous que Mademoiselle de Trézent ait été particulièrement visée ?

– Impossible, trancha le comte. Qui voudrait...

Le gendarme se tourna vers Julien :

– Vous ou l'un de vos proches avez-vous entendu quelque chose d'inhabituel cette nuit ?

Les deux cousins se regardèrent. Le marquis fut sur le point de parler des bruits. Mais pouvait-il sans preuve formelle affirmer que quelque chose avait rôdé dans le parc ?

Et quoi, exactement ? Il formula une réponse banale, des bruits, oui, sans doute, mais ce pouvait être les chiens, un oiseau, le vent… Le militaire parut se satisfaire de ce propos.

Georges allait répondre de la même façon, lorsque Fabienne poussa un long cri presque animal. Julien se précipita et releva sa cousine que le chagrin rendait toute petite entre ses bras. Il essaya de se dire qu'« elle en faisait beaucoup pour un chien », mais non, il aurait été aussi touché qu'elle dans cette circonstance. En la ramenant vers le château, il ne put s'empêcher de s'alarmer de son état. Elle avait été si rudement secouée qu'elle manqua s'évanouir en gravissant les marches du perron.

— Mais que font sa mère et sa sœur ? pensa-t-il en la soutenant. Il ignorait qu'elles n'avaient pu remettre un rendez-vous important.

Arrivé dans la chambre de Fabienne, il l'assit sur le rebord du lit, calant son visage, où seuls semblaient vivants les yeux vert pâle, contre l'oreiller qu'il releva, comme s'il s'agissait d'une poupée de chiffon, puis il se rendit dans la salle de bains pour y trouver un gant de toilette qu'il humecta d'eau froide pour lui en bassiner les tempes. Il vit alors des serviettes qui séchaient non loin du lavabo. Il en prit une, humide, aux auréoles rougeâtres et suspendit son geste, frappé par l'odeur fade et reconnaissable qui en émanait. Il pensa un instant que, pour une femme… mais dans ce cas, il y aurait eu des protections à portée de main. Il ouvrit le placard : il y avait bien un paquet de serviettes, mais qui n'était pas ouvert. La poubelle était vide, et visiblement la personne chargée du ménage n'était pas encore passée. S'était-elle blessée ? Il n'avait rien remarqué.

VII.

– Voyons, voyons, Julien, fit amicalement Monsieur Du Coët, jamais Mademoiselle de Trézent n'aurait assassiné son propre chien qu'elle adorait. Ressaisissez-vous.

– Mais ces traces de sang sur ses serviettes de toilette ?

– Ses jours du mois... ou alors elle s'était blessée, simplement.

– C'est là votre point de vue ?

– Il est guidé par le bon sens, mon ami. Non, il faut chercher ailleurs le coupable et savoir si nous devons relier cet incident avec les drames précédents.

– Le corps du chien se trouvait non loin du lac. Nous y revenons toujours. Et, cette nuit, il y eut des bruits.

Il narra à son ami ses impressions nocturnes.

– Voilà qui est nouveau, fit celui-ci. Cela renforce ma théorie, ne trouvez-vous pas ?

– Soyons prudents : il est aussi possible que j'aie fait un cauchemar, le dîner de la veille était copieux, ma digestion s'en est ressentie. Et même si cela était réel, il reste à établir le rapport entre ces bruits, dont l'origine peut être tout à fait naturelle, et le massacre du colley.

– Bien sûr. Pas exemple, on a pu vider le chien pour éviter que l'on ne décèle du poison dans ses viscères… Mais avouez qu'il s'agit là de coïncidences troublantes !

– En effet, mais pour l'instant, nous ne savons pas grand-chose. Que comptez-vous faire, mon colonel ?

– En premier lieu, prendre le pouls de « mon » village. On voit un peu trop la gendarmerie aux Landes Guibert, ces derniers temps. Venant après deux décès, les premiers depuis 1952, soit il y a onze ans, vous imaginez ! Les paysans du hameau doivent être inquiets. Que l'on s'attaque maintenant au château n'est pas fait pour les rassurer.

– Évidemment… vos administrés sont très superstitieux ?

Monsieur Du Coët sourit.

– Si vous le leur demandez, ils répondront que non, ce sont « des histoires de bonnes femmes », mais en réalité… J'en vois plus d'un faire le signe de croix au passage d'un corbeau, et la laverie, qui a remplacé le lavoir municipal, ferme avant la tombée de la nuit, rapport aux légendes des « lavandières de nuit » qui sont des mauvais présages. Tous ces événements, c'est un peu comme si on cherchait à effrayer quelqu'un, n'est-ce pas ? Mais pourquoi ? Et qui ?

– Oui, je comprends ce que vous voulez dire. Nous ne serons pas trop de deux esprits forts ! Enfin, forts… pragmatiques, plutôt.

– Avez-vous des projets pour tantôt ?

– Malheureusement, je dois me rendre à Taberges, la politesse exige que je ne puisse remettre cette visite.

– Vous trouverez Pascaline bien grandie et Madame d'Ardanges peu changée…

– Cela m'importe peu. La bienséance m'impose de visiter ces parentes, mais je préfèrerais vous accompagner dans vos démarches.

Le colonel toussota :

– Mais vous me gêneriez dans mes conversations, mon ami. Bien que vous soyez du pays, les gens hésiteraient à se confier devant vous. Ils ont oublié l'enfant que vous avez été...

– Vous avez sans doute raison... Croyez-vous apprendre quoi que ce soit d'intéressant ?

– Ces braves gens ont confiance en moi, et ils sont observateurs quoique discrets.

Ils se séparèrent, se promettant de se revoir dès le lendemain matin. De retour à Kerlanneg, Monsieur de Lière alla passer quelques instants avec Fabienne. Apparemment, elle avait retrouvé une certaine sérénité, mais qu'il pressentait de façade. Ils bavardèrent un moment, puis la cloche les appela pour un repas vite expédié et lourd d'une atmosphère contristée. Même la pétulante Marie-Louise n'osait lever les yeux des assiettes qui défilaient devant elle. Georges de Lière, à la fois sous le coup de la discussion qui l'avait opposé à son cousin la veille et de l'intolérable agression dont le domaine venait d'être victime, entretint une conversation d'usage, relayé de temps à autre par son épouse, laquelle semblait ne pouvoir échapper à des propos domestiques.

Le marquis partit juste après le déjeuner pour le manoir de Taberges. Une vingtaine de minutes de marche séparait le château de son presque vis-à-vis, une bâtisse carrée d'époque Restauration, au crépi marron, qu'un propriétaire ambitieux avait affublé à chaque angle de quatre tourelles gothiques dissemblables les unes des autres, peut-être dans le but de concurrencer les tours et poivrières de Kerlanneg.

La sente pierreuse qui reliait les deux maisons, encadrées de murets de granit, était assez pénible, mais révélait un paysage charmant. On longeait le lac puis la rivière, par instants dérobée aux regards sous l'accumulation anarchique d'une végétation luxuriante qui contrastait d'avec la pauvreté des maigres arbustes de la lande, on apercevait le dolmen. Enfin, après avoir traversé le cours d'eau, on découvrait au détour d'un rideau de pins, la silhouette courtaude du manoir.

Bien que bâti par un Kerlanneg, il avait été vendu à plusieurs reprises et était revenu dans la famille par le jeu des alliances et des successions. Les Ardanges étaient depuis longtemps liés aux Lière, liens de sang qui s'étaient sensiblement confortés par le voisinage.

Assis dans le salon où s'harmonisaient avec art et goût un mobilier Empire et des tentures modernes, Monsieur de Lière songeait que l'on était loin de l'atmosphère compassée de Kerlanneg. Florence d'Ardanges, par certains côtés, vivait plus dans son siècle que la famille du marquis.

Pascaline d'Ardanges le regardait avec un intérêt qu'elle ne cherchait même pas à dissimuler. Ainsi, c'était là le cousin rebelle, individualiste, dont sa mère lui avait souvent parlé. Sa mère… l'avait-elle aimé autrefois ? Ce n'était pas impossible. L'aimait-elle encore ? Elle était toujours si jeune, si belle ! Mademoiselle d'Ardanges, si son cœur avait été ouvert à ce genre de sentiment, aurait probablement jalousé sa mère de sa grâce, mais elle se contentait de l'admirer et de l'aimer.

Pourtant, la jeune fille n'était pas dénuée de charme. De taille moyenne, bien proportionnée, elle avait un visage distingué, aux traits peut-être trop sèchement découpés, mais dont la dureté des angles était atténuée par une chevelure dorée continuellement en mouvement et surtout par l'éclat presque insoutenable de deux grands yeux d'un vert d'émeraude qui mangeaient les pommettes, irradiaient le front et les joues ; une lueur bizarre, indéfinissable, luisait dans les reflets de ce regard d'exception.

Monsieur de Lière songeait que, fait étrange, Pascaline possédait bien les yeux des

Lière, mais que leur vert d'ordinaire très pâle était là curieusement exacerbé, comme teinté et artificiellement amplifié. Ce regard le troubla au point qu'il oublia certaines précautions oratoires en décrivant l'état dans lequel avait été trouvé le chien de sa cousine.

– Je suis absolument consternée, fit la maîtresse des lieux. Jamais je n'aurais cru que nos fermiers se laisseraient aller à de telles extrémités...

— Vous pensez qu'il s'agit de cultivateurs ? demanda le marquis.

– Voyons, existe-t-il autre chose aux Landes Guibert ?

– Mais pourquoi cela ? Mon cousin est, je crois, apprécié ?

Madame d'Ardanges eut un geste d'ignorance :

– La bêtise des gens est parfois telle...

– Maman, intervint Pascaline, vous pensez logiquement à la vengeance d'un imbécile envers Monsieur de Lière. Mais pourquoi avoir éventré le colley ? Le chien de Fabienne ?

– Par haine rageuse, sans doute.

– Peut-être, dit calmement la jeune fille. Mais, dans ce cas, que sont devenus les intérieurs du chien ?

Elle se tourna vers le marquis : « Est-ce que vous les avez retrouvés ? »

Julien poussa une exclamation :

– Mais tu as raison de parler de cela ! Nous n'avons rien retrouvé aux alentours...

– Alors, affirma posément Pascaline, pourquoi ne pas croire que c'est un animal qui a commis cette horreur ?

Sa mère posa une question à laquelle Julien s'attendait, mais qu'il aurait préféré ignorer :

– Peut-être, ma chérie, mais quel fauve dans nos régions serait capable d'agir ainsi ?

On discuta de cela encore un moment, puis Monsieur de Lière fit dévier la conversation. L'heure tournait, il demanda l'autorisation de prendre congé et engagea Madame d'Ardanges et sa fille à venir lui rendre visite à Kerlanneg. Les yeux verts se posèrent longuement sur lui, puis, discrète, la jeune fille se retira, laissant ses aînés continuer à bavarder sur le perron.

Julien fit l'éloge de Pascaline, s'excusa de ne point avoir pensé à lui souhaiter son dix-huitième anniversaire, puis baissa la voix :

– Votre mari, Madame… ?

– Son état est inchangé.

Le marquis détourna le regard. Ils restèrent silencieux. Soudain, Florence d'Ardanges parut vouloir se délivrer d'années de souffrance et de réserve.

– Oh, Julien, si je pouvais savoir, être sûre que son mal ne soit pas héréditaire ! Ou bien si… s'il y avait moyen de vérifier… »

Le reste se perdit dans la brise qui commençait à se lever. Les mains du marquis étreignaient celles de Madame d'Ardanges.

VIII.

Ils avaient laissé Fabienne, en proie à une crise de nerfs, aux soins de sa mère et de Madame de Lière et, en silence, marchaient maintenant tous les quatre : Messieurs de Lière, Monsieur Du Coët et le Docteur Vandoeuvre, sur le chemin menant au lac, d'une démarche à la fois hâtive et lourde.

Près d'une demi-heure s'était écoulée depuis que la jeune femme était revenue à bride abattue au château, soumise à une émotion incontrôlée. Georges de Lière avait immédiatement téléphoné au médecin, tandis que Julien mandait d'urgence son ami à Kerlanneg.

En vue du dolmen, insensiblement, ils ralentirent l'allure, comme pour retarder davantage le moment qu'ils redoutaient.

Une expression de terreur inhumaine, bestiale, se lisait dans les yeux du corps gisant sans vie dans l'herbe tachetée de perles de rosée qui s'irisaient en scintillements sous les premiers rayons d'un soleil blanc. La lande immobile paraissait recueillie comme pour mieux se pénétrer des prémices de cette journée qui promettait d'être belle. Ému de ce contraste entre le passage de la faux et la nature si sereine, le médecin se pencha sur le cadavre.

Vandoeuvre posa sa trousse à côté de lui et commença l'examen avec des gestes lents et méticuleux. Cela dura quelques minutes, puis le médecin se tourna vers le premier magistrat des Landes Guibert :

– Mon colonel, Mademoiselle Vallemomble est apparemment morte comme les deux autres. Je dis apparemment, car, cette fois, je réclame une autopsie.

Ses compagnons semblaient ployer sous les soucis des jours à venir. Mais tous savaient que le docteur parlait raisonnablement. Monsieur Du Coët se reprit le premier.

– Je vais de ce pas téléphoner au procureur de la République à Rennes. Cette affaire cesse de relever des compétences locales.

— Les gendarmes seront là bientôt ? demanda le médecin au comte de Lière.

– J'espère, j'ai envoyé quelqu'un les prévenir. Il faudrait aussi faire appeler Monsieur le Curé, cette pauvre femme ne peut demeurer ainsi sans prières.

– Je m'en charge, dit Julien. Puis, pratique, il recommanda à ses amis de s'écarter, et qu'un d'entre eux restât en ce lieu afin d'éviter que d'éventuels curieux viennent effacer de possibles empreintes. Déjà, les premiers villageois arrivaient.

IX.

Un crime aux Landes Guibert ! Il fallut un certain temps pour que cette incroyable éventualité fasse son chemin dans les esprits d'abord incrédules. La police de la grande ville allait venir aux Landes Guibert ! De Kerlanneg au presbytère, de Taberges aux maisons du village, de Dubrie aux fermes les plus isolées, la nouvelle provoqua stupeur et abattement, puis l'inquiétude alourdit l'atmosphère.

On se parla moins.

On s'épia, on pria.

Sans distinction d'opinion, d'âge ou de sexe, tous semblaient atteints d'une maladie subtile, morbide, comme un empoisonnement.

Le hameau vivait dans une sorte d'anesthésie malsaine, à l'exception de quelques-uns que des tâches accaparaient.

Ainsi, Monsieur Du Coët, le Docteur Vandoeuvre et le marquis de Lière, s'ils ressentaient l'indéniable malaise du village, n'eurent guère le loisir de tenter de le dissiper. Tous trois firent jouer leurs relations afin que l'on envoie sur les lieux un policier habile. Ce fut à Joël Thomas, nouvellement promu commissaire, qu'échut le redoutable honneur d'enquêter aux Landes Guibert.

Il s'agissait d'un homme qui, dans son métier, n'avait connu que de rares revers. Ceux avec qui il travaillait le tenaient pour persévérant, méthodique, ouvert à toutes les suppositions et n'hésitant pas à bousculer les concepts établis. D'abord affable, il ne dédaignait pas associer à ses recherches l'entourage des victimes. De plus, le fait d'être originaire de la région avait plaidé en sa faveur si jamais il devait se livrer à une enquête de terrain.

Avant d'aller s'installer à Rozenn, il avait reçu Monsieur Du Coët au bureau de la gendarmerie, et avait apprécié l'esprit de synthèse de l'ancien officier. Il en avait également profité pour se faire un début d'opinion sur ceux qu'il serait amené à rencontrer au cours de ses investigations.

Hélas, il y avait beaucoup de suspects pouvant répondre de ce crime. Car l'autopsie avait révélé que Mademoiselle Vallemomble avait ingéré une dose anormale de somnifères mélangés à de l'alcool. On pouvait raisonnablement penser à un crime que l'on avait naïvement voulu déguiser en suicide.

Mais il y avait aussi ces photographies alignées devant lui sur le sous-main : trois regards horrifiés. À lui de trouver le lien...

* * *

La journée des obsèques de la gouvernante avait été triste et longue, aussi Monsieur du Coët appréciait-il d'avoir demandé au commissaire et à Julien de Lière de venir le rejoindre après le dîner.

Pour l'instant, il regardait avec intérêt le policier qui lui faisait face : ce visage déterminé, mais nuancé de tact ne lui déplaisait pas. Tous trois faisaient le point.

Le marquis laissait ses compagnons discuter, enregistrant chaque petit fait. Le tri se ferait plus tard.

Monsieur Thomas livrait un résumé de ses réflexions :

– En fait, n'importe qui aurait pu faire ingurgiter cette dose massive de calmants à Mademoiselle Vallemomble : elle-même, mais cela paraît improbable et n'expliquerait ni le but de sa promenade nocturne, ni l'expression de ses yeux, et tous les assistants au dîner de ce soir-là : le comte et la comtesse de Lière, vous-même, Monsieur le Marquis, vous, mon colonel, Madame de Trézent, ses filles, pourquoi pas les enfants du comte, sans compter les domestiques ou quelqu'un venu du dehors. Le salon d'hiver est resté vide durant le repas et les fenêtres en étaient ouvertes, vous n'ignorez pas qu'elles communiquent avec la terrasse qui descend vers le parc.

– Une personne du dehors ? demanda l'ancien officier. Il aurait fallu que ce criminel soit au courant de l'habitude qu'avait la gouvernante de se faire préparer de la tisane...

– Exact, et là, nous devons ajouter à notre liste les gens qui fréquentaient au château : ces dames d'Ardanges, le docteur, le régisseur, et, pourquoi pas, l'abbé Castagner. Cinq personnes de plus, qui, toutes, connaissaient aussi l'habitude qu'avait Valentin de disposer dans le salon liqueurs, café ou tisane quelques minutes avant que se termine le repas.

– Vous avez déjà interrogé tout le monde ?

– Bien sûr ! Selon vos déclarations, Messieurs, personne ne quitta la salle à manger. Quant aux domestiques, ils assuraient leur service et affirment s'être surveillés mutuellement. Reste Mademoiselle de Trézent, mais elle était sous sédatif.

– Vous croyez vraiment... ?

– Je ne dois rien exclure... Poursuivons : Madame d'Ardanges et sa fille, chez elles, ne se quittèrent qu'au moment d'aller se coucher, le docteur était appelé pour une urgence, le curé relisait son prochain sermon et le régisseur est absent depuis quatre jours !

Monsieur Du Coët nota un certain dépit dans la voix du policier, et remarqua :

– Mais devons-nous lier l'absorption de somnifères à la présence de la victime sur la lande ?

– Vous venez de toucher un point important. Ce qu'on a fait ingurgiter à la gouvernante, mélangé à de l'alcool, produit les effets inverses de ceux souhaités, déclenchant notamment une hypersensibilité des muscles et une augmentation des pulsations cardiaques. Nous pouvons donc imaginer que, tenue éveillée, Mademoiselle Vallemomble aperçut quelque chose d'anormal dans le parc, sortit et, pour une raison inconnue, périt comme les deux autres victimes.

– Votre raisonnement tient debout, mais ne trouvez-vous pas que celui ou celle qui versa le poison a fait preuve de légèreté dans le choix de son arme ?

– Soit cette personne était peu connaisseuse en somnifère, soit elle ignorait que la gouvernante ne crachait pas sur l'apéritif et le vin.

– Probablement…

– Mais il y a plus encore, reprit le policier. La dose administrée à la victime n'était pas mortelle.

– Alors ?

– Alors, peut-être a-t-on voulu affoler et fragiliser la gouvernante pour l'attirer dehors, et la terroriser encore davantage.

Julien de Lière, qui jusqu'alors était resté silencieux, prit la parole :

– Mais pour quel mobile ?

– Pour faire une troisième victime près du lac ?

– Pourquoi pas, opina Monsieur Du Coët, mais là encore, nous nous heurtons à l'absence de motif. Un crime rituel ?

– Attendez, dit Julien, qui commença à raconter son étrange rêve qui avait failli l'inciter à sortir, et les bruits qui l'avaient suivi.

* * *

L'incendie montait très haut vers un ciel vague où venaient de surgir des lueurs de mondes inconnus qui semblaient aspirer les colonnes de feu, paraissant concentrer en elles toutes les lumières de l'espace avant de les condenser en striures blanches, en une sorte de pluie de météorites à la dimension d'un univers gargantuesque.

Inexplicablement juchée sur un invisible promontoire, Fabienne hurlait sans qu'un seul son parût voyager dans l'éther. Son esprit appréhendait toute l'horreur du spectacle dans pouvoir y soustraire ses sens et son corps, comme si celui-ci était partie intégrante du promontoire et que son cerveau s'était détaché de sa chair et était enfermé à jamais dans la roche du pic d'où son regard contemplait le combat de titans que se livraient des forces dont elle ne pouvait savoir si elles appartenaient au règne minéral et à celui autrement inquiétant qu'est l'animal.

Une explosion sans résonnance sonore biffa d'un coup cette lutte qui s'engloutit dans le néant. Une noirceur compacte enveloppa son esprit, durant un temps qui lui parut se prolonger pendant des milliers d'années. Puis, timidement, des orbes d'abord pâles, puis de plus en plus lumineux, l'emportèrent à travers l'espace. Elle approcha d'une vallée bordée de hauts pics, elle ressentit une impression de déjà vu en se trouvant près d'un amas de roches grises surplombées d'un nuage de vapeur. Un appel muet, inexplicable, émanait de ces rocs. Un appel à l'aide.

Hagarde, trempée de sueur, elle s'éveilla, le corps traversé d'élancements douloureux et se redressa en rejetant ses draps. Ses mains fébriles cherchèrent à atteindre la poire de sa lampe de chevet qui s'obstinait à la fuir.

* * *

Il y avait déjà longtemps que les lumières étaient allumées dans le grand salon de Dubrie, mais les hôtes de Monsieur Du Coët continuaient leur discussion. Après une brève pause, le commissaire reprit la parole :

– Finalement, bien que nous n'empruntions pas tout à fait les mêmes itinéraires, nous arrivons aux mêmes points. Un, qui s'amuse — si je puis dire — à terroriser ceux qui s'aventurent la nuit sur la lande ? Deux, qui cherche à faire croire que la lande est hantée ? Trois, enfin, quel mobile motive cette attitude. Et quatre, au surplus, qui a essayé de nous dérouter en droguant la gouvernante ? Je me fais fort, dès lors que j'aurais répondu à au moins deux de ces questions, à avoir la réponse aux autres.

Monsieur Du Coët fixa longuement le policier, comme pour le jauger avant de parler.

– Commissaire, je vous sais homme ouvert, aussi permettez-moi de vous rappeler que, dans ce résumé, vous négligez quelque peu la dimension presque fantastique de certaines manifestations : les bruits, entendus par des témoins dignes de foi, l'éviscération du chien, l'attrait malsain que semble avoir exercé sur les trois victimes les berges du lac.

– Sans doute à cause de la facilité pour emprunter le chemin qui les longe. Ou alors les poissons de l'étang…

– Soit, mais encore ?

– Certes, je ne crois pas à des coïncidences successives. Que la mort frappe trois fois au même endroit, j'en conclus logiquement qu'il y a là un rapport avec le lieu. Mais j'ai aussi la conviction que ce rapport est d'ordre naturel et non pas métaphysique. Car il se peut très bien que le père Tranchard soit venu en ce lieu pour relever des nasses — il avait droit de pêche — que Madame Gémasse ait été attirée par le romantisme de l'étang à l'aurore, que la gouvernante, dans l'état de surexcitation où elle se trouvait, ait eu besoin de se détendre en marchant. Conduire une enquête, Messieurs, c'est assembler les morceaux d'un puzzle, et pour cela toutes les pièces doivent être examinées les unes après les autres. Gardons la tête froide, et ne dispersons pas nos efforts. Voyons le morceau numéro un : qui aurait intérêt à être tranquille la nuit dans la lande, près du lac ? Mon colonel ?

– Vous pensez à des gens de ma commune ?

– Oui, ou de Rozenn.

L'ancien officier eut un soupir.

– Vraiment, je ne vois personne, à première vue. Mais je ne puis être sûr de tous mes administrés. Un braconnier ?

– Cela sera à nous de vérifier. Et vous, Monsieur de Lière ?

– Je suis ici depuis peu...

Cette réponse un peu trop évasive mit le policier sur ses gardes. Il fut convaincu que le marquis lui cachait quelque chose ou avait une idée derrière la tête. Il se promit de réfléchir à cela.

– Bien, reprit-il, maintenant, autre chose : existe-t-il des légendes locales dont on pourrait se servir pour effrayer la population en faisant coïncider réalité et fables ?

– Oui, il existe des légendes, répondit monsieur Du Coët. Toutefois, il me faudrait approfondir la question pour être en mesure de vous donner une solution précise.

– Par exemple, un ancien texte ne ferait-il pas allusion à un bestiaire fantastique, ce qui pourrait expliquer les bruits et l'incident du chien ?

– Ce n'est pas impossible...

Visiblement, le maire des Landes Guibert ne tenait pas à trop parler de ce sujet. Pourquoi ? se demanda le policier.

Peut-être pour faire diversion, Monsieur de Lière se mit à raconter les péripéties d'une légende angevine à la chute comique. Tous rirent franchement, et, d'un commun accord, se quittèrent sur ce conte fabuleux, non sans que le commissaire ait interrogé le marquis sur la date du retour du régisseur. Monsieur de Lière répondit qu'il croyait savoir que celui-ci serait de retour le surlendemain.

X.

Les événements avaient séparé les habitants de Kerlanneg. Le comte de Lière, sa femme et leurs enfants demeurés au domaine se firent rares, ne paraissant pratiquement qu'aux repas, comme si, inconsciemment, ils avaient reconnu en ce domaine trouble une quelconque supériorité de Julien de Lière et le laissaient bien souvent maître des lieux.

Les deux cousins, avaient cependant eu une longue conversation à l'issue de laquelle Georges de Lière avait déclaré à son parent n'avoir pas envie de s'occuper de « l'affaire » et vouloir se consacrer à l'administration du domaine — « Ma seule vocation », disait-il — et laisser bien volontiers à Julien la tâche de représenter la famille dans cette épreuve. Ce n'était pas lâcheté de sa part, mais plutôt une certaine haine de l'imprévu amalgamée avec une totale absence de considération pour les victimes, l'enquête, ses résultats. Du moment que l'on ne touchait pas à ses proches, le châtelain se moquait de ce qui l'entourait. Son épouse, en revanche, ne songeait qu'à protéger les plus jeunes de ses enfants, il s'en fallait de peu qu'elle les cloîtrât dans un donjon aux murs très épais.

L'attitude de sa famille avait arrangé Julien de Lière : comme on ne pouvait le soupçonner de quoi que ce soit, ce refus de s'impliquer lui avait en quelque sorte laissé les mains libres pour occuper le terrain avec Monsieur Du Coët et le commissaire. Toutefois, il agissait en dehors de ce dernier, ne recherchant pas les mêmes choses.

Deux jours après leur précédente entrevue, le policier vint trouver le marquis à Kerlanneg et l'emmena dans le parc, à l'abri des oreilles indiscrètes. Se sentant vaguement coupable de dissimulation, Julien prit aussitôt la parole :

– Avant toute chose, il me faut vous remercier de la discrétion de la presse à notre sujet.

– Ne me remerciez pas ; tant que je le peux, je tiens toujours la presse à l'écart de mes investigations.

— Elle vous gêne ? demanda le marquis, un peu surpris de cette véhémence.

– Pire. Elle crée l'irréparable. Les pisse-copie enquêtent sur trois colonnes, les nobles associations s'agitent, les politiques aboient après notre lenteur, nos services s'énervent... Et surtout, le coupable est mis au courant de la progression de nos démarches... Cela dit, je suis venu vous voir pour vous poser quelques questions. En premier lieu, saviez-vous que Ganay, le régisseur de votre cousin, avait fait de la prison ?

Monsieur de Lière parut suffoqué :

– Hein ? Il ne manquait plus que cela ! Mais pourquoi Georges l'a-t-il embauché ?

– Il dit avoir voulu donner une chance à un garçon que la vie n'a pas favorisé.

– Hum... Ce doit être un enfant naturel, oui ! Plus sérieusement, cela me surprend de la part de Georges, qui est plutôt conservateur. Il y a là anguille sous roche...

Ils se turent quelques instants, marchant lentement sous les frondaisons. Puis le policier reprit la parole :

– Saviez-vous que Madame de Trézent utilise le même somnifère que celui qui a servi à droguer la gouvernante ?

– Non... Mais je vous mal ma cousine chercher à tuer !

– Je n'ai pas dit cela, d'autant qu'il lui aurait été difficile d'agir. Mais nous savons maintenant où la main criminelle s'est procuré le poison.

– Cela vous avance ?

– Disons que, sauf erreur, cela restreint mon champ d'investigation.

– Et en ce qui concerne les « mystères de la lande », où en êtes-vous ?

Monsieur Thomas hésita un instant.

– Je crois être sur le point de conclure...

– Vous ne voulez pas, ou ne pouvez pas, me donner quelques explications ?

– Vous les aurez demain matin. Tiens, fit-il en désignant une silhouette qui progressait vers eux, voici le régisseur. Que nous veut-il ?

Lorsque l'homme fut plus proche, Monsieur de Lière, qui le voyait pour la première fois, songea que trouver une aussi sale gueule entre Brest et Angers aurait nécessité de patientes et minutieuses recherches.

* * *

Les deux jeunes femmes s'étaient assises sur un banc de pierre entouré d'un berceau de houx en forme de demi-lune. Un peu en contrebas, on distinguait les toits du manoir de Taberges. Elles étaient arrivées là sans parler, et Pascaline respectait le silence de sa cousine qui ne serait pas venue la voir sans un motif grave. En effet, si les deux parentes s'estimaient et ressentaient une certaine affection l'une pour l'autre, elles ne s'aimaient pas réellement, à la fois trop proches par l'âge et trop différentes par les goûts et le caractère. Mademoiselle d'Ardanges trouvait sa cousine exagérément entreprenante et d'une modernité de mauvais aloi. Fabienne, elle, considérait qu'en dehors d'un esprit vif, Pascaline n'était qu'une fillette prolongée, incapable de devenir adulte.

Toutefois, Mademoiselle de Trézent savait que l'heure était venue de regarder sa cousine comme une personne en mesure de l'aider. Un moment, elle avait eu l'idée de se confier à sa mère, mais s'était refusée à l'alarmer. Sa sœur Adélaïde ? Trop jeune... Marie-Louise ? Ses seize ans étaient trop terre à terre... Bien sûr, il y avait Julien, mais elle était convaincue que seule une femme serait à même de comprendre ce qui la tourmentait.

Sentant le trouble de sa cousine et désireuse d'y mettre fin, Pascaline l'interrogea de l'immensité de ses yeux.

Fabienne frissonna. Dieu, qu'il était difficile de se confier.

Soudain, cédant à l'impulsion qui était un trait de son caractère, elle se livra, raconta ces cauchemars qui la hantaient.

Lorsqu'elle eut achevé son récit, Pascaline, aussi interloquée que sa parente, commença à la rassurer par quelques phrases de circonstance et des boutades un peu faciles : « Tu ne serais pas amoureuse ? Flammes et orages, on comprend ce que cela veut dire ! » Puis elle se sentit gagnée à son tour pas un sentiment aussi inexprimable que celui ressenti par le mathématicien devant l'expansion du zéro à l'infini des nombres.

Sa compagne également semblait nerveuse, leurs doigts s'effleurèrent alors que plus un souffle de vent n'agitait le bosquet. Une présence invisible, mais vibrante paraissait se tapir non loin d'elles.

– Je crois qu'on nous espionne, chuchota Pascaline.

Fabienne se dressa brusquement, fit le tour du berceau de houx sans rien trouver, mais son malaise persistait.

– Nous sommes folles. Rentrons.

Elles se levèrent avec une expression d'inquiétude. Au fur et à mesure qu'elles s'éloignaient du bosquet, leur angoisse diminua. Toutefois, Fabienne se sentait trop préoccupée pour continuer à se confesser. Presque sous les murs du manoir, elle interpella sa cousine :

– Pascaline, à ton avis, que dois-je faire pour me libérer de ces songes ?

– Ne pas leur accorder une importance qu'ils n'ont pas. Et revenir m'en parler autant de fois qu'il te plaira, répondit-elle avec persuasion.

Bizarrement, Fabienne sut à cet instant que plus jamais elle n'aurait ce courage. Puis elle conclut, émue :

– Tu es gentille. Et tu as sans doute raison...

Elles se quittèrent. Mademoiselle d'Ardanges suivit longuement d'un regard très lumineux la silhouette de sa cousine en train de s'éloigner, tandis qu'un sourire de satisfaction se dessinait sur ses lèvres d'un coup blanchies.

* * *

Monsieur Du Coët se fit annoncer par Valentin dans le cabinet de travail de Georges de Lière. Dès qu'il y fut entré, il abrégea les politesses :

– Je suis très pressé, mon cher Georges. Je passais simplement vous dire que le commissaire demande à tous les adultes de cette maison de se trouver demain matin chez moi à dix heures précises.

– Il désire nous faire une communication ?

– Je crois plutôt qu'il aura le plaisir de nous présenter le coupable.

Laissant le comte stupéfait, il se retira en murmurant les paroles d'une chanson gaillarde.

XI.

– Tu te fous de moi, ou tu crois que je suis ici pour prendre le thé ?

– Mais non, m'sieur…

– Mais non m'sieur, mais non m'sieur, crétin ! Tu le sors ou je viens le chercher ?

Debout devant la petite métairie, le gendarme de service ne semblait pas outre mesure s'inquiéter des vociférations qui en émanaient. Le commissaire n'ignorait pas qu'il fallait parfois brutaliser verbalement certains suspects.

– On t'a vu sortir chaque matin où il y a eu des morts près du lac, ce n'est pas suffisant, ça ?

– Je sais pas. Qui m'a vu ?

– Ça te regarde ? Ah, tu veux me faire marcher ? Eh bien moi, je vais te faire courir, tu vas voir !

Le policier ouvrit la porte d'une petite soupente et demanda à un gendarme d'apporter ce qu'il gardait.

– Pièce à conviction numéro un ! Cria le commissaire alors que le militaire posait sur la table un grotesque assemblage de peaux de bêtes sauvages dont toutes les têtes avaient été cousues entre elles : renards, loups, chats sauvages, putois…

L'accusé était en nage, et Monsieur Thomas tournait autour de lui tel un fauve en cage. Soudain, il se campa face à l'homme :

– Alors ? Alors ? Alors ?

– Mais, Monsieur, fit fièrement le paysan, c'est un trophée de famille : on est chasseurs de loups et d'autres saloperies d'père en fils, chez nous ! C'est mon arrière-arrière-grand-père qu'a commencé à coudre ces têtes…

– Ouais ! Et tu les as bien entretenues, hein ?

L'homme baissa le visage. Le commissaire poursuivit plus calmement :

– Écoute, tu ferais mieux de reconnaître être sorti ces nuits-là dans le parc du château pour relever tes collets, et l'être vêtu de ces peaux pour qu'on ne puisse pas t'identifier. Ceux qui l'ont vu ainsi costumé sont morts de peur, mais tu n'en es pas directement responsable. Si tu n'avoues pas cela, tu vas te retrouver en cabane avec une triple inculpation de meurtre...

– D'accord, ça m'est arrivé de... de sortir avec c'te truc, mais pas les jours où... où ça s'est passé...

– Ah, tu te décides ! Mais je te croyais malin, et tu n'es qu'un imbécile, on t'a vu sortir ces soirs-là.

– Pas possible. J'dormions.

– Pardon ?

– J'dormions.

– Et les peaux de lièvre, elles sont venues toutes seules dans ta cave ?

Quelques minutes plus tard, un fourgon cellulaire quittait le hameau alors que la nuit tombait. Demain, il ne resterait plus au policier qu'à faire connaître le résultat de son enquête.

* * *

On aurait pu entendre voler une mouche dans le grand salon de Dubrie. Comme indifférent aux regards curieux qui se posaient sur lui, le commissaire observait ceux qu'il avait convoqués, puis se décida enfin à prendre la parole :

– Voyez-vous, fit-il en considérant l'assistance, on a toujours tort de ne pas se satisfaire des solutions les plus simples, même si les données du problème qu'il me fallait résoudre paraissaient complexes. Je vais les résumer brièvement. »

« Trois morts suspectes sur la lande, trois personnes en mauvaise santé. Les trois sont sans lien entre eux, décédés aux aurores : le père Tranchard, une touriste, la gouvernante du château. »

« Première question : qu'allaient-ils faire auprès du lac au petit matin ? Le père Tranchard, cela est prouvé, venait relever ses nasses, il avait droit de pêche. Madame Gémasse était passionnée par la faune et voulait prendre quelques clichés d'oiseaux. Soit dit en passant, les gendarmes du cru ont fait preuve de légèreté en ne cherchant pas les raisons qui amenèrent cette femme dans la lande. Passons ! Enfin, nous devons croire que Mademoiselle Vallemomble est sortie ce matin-là en raison de l'état de ses nerfs. »

« Deuxième question : qui ou quoi avait pu les effrayer jusqu'à la mort ? Un phénomène naturel ? Lequel ? Une bête fauve ? Cela me parut un début de piste : en effet, nul n'ignore que des chiens sont lâchés la nuit dans le parc proprement dit de Kerlanneg. Vous m'objecterez que la partie du parc proche de la maison est close de murs. Mais, en maints endroits, ce mur est en mauvais état, j'ai pu vérifier qu'il existe au moins deux brèches, par où on peut sauter ledit mur. Toutefois, si des chiens avaient attaqué ces personnes, on aurait relevé sur elles des traces de blessures ou, pour le moins, des vêtements déchirés. De plus, les chiens connaissaient la gouvernante et l'auraient respectée, elle-même n'en aurait pas eu peur... J'en suis venu donc à conclure que le responsable était un être humain. »

« D'où la troisième solution qui s'est posée à moi : qui avait intérêt à effrayer d'éventuels curieux ? J'ai passé en revue toutes les possibilités, mais aucune ne m'a vraiment satisfait. Il ne me restait plus qu'à envisager que toutes ces morts n'étaient dues qu'au hasard. »

« Ce fut Monsieur le marquis de Lière qui m'a mis sur la voie, en racontant une légende de son pays. Il me fallait alors trouver une personne qui devait se travestir pour dissimuler des activités illégales ou secrètes, et qui utilisait un déguisement propre à créer l'horreur. »

« Attention, je demande aux personnes que je vais nommer de ne marquer aucune stupéfaction, je m'excuse par avance de mes propos : tout pour moi devenait possible. Madame de Lière trompait-elle son mari avec un galant qu'elle rejoignait la nuit à cet endroit peu éloigné de la route ? Ou son mari ? Ou Mademoiselle de Trézent, qui aurait eu une aventure que sa mère n'aurait pu approuver ? Ou encore, Mademoiselle Marie-Louise, qui aurait pu avoir un amour adolescent ? Sans parler des domestiques. Et les gens du village, étaient-ils si vertueux ? Après quelques recherches, j'ai abandonné cette hypothèse un peu trop romantique. Restait l'intérêt matériel. »

« Quelle était donc la richesse de la lande capable d'attirer un homme au point de se coller trois cadavres sur le dos ? Réponse : le gibier. J'en suis venu alors à songer très sérieusement à la possibilité d'un ou plusieurs braconniers. »

« Grâce à Monsieur le Maire, j'ai appris qu'un seul homme pouvait posséder un accoutrement terrifiant : Kerbigot, le descendant des chasseurs de loups. Une fouille chez lui m'a permis de découvrir un travestissement assez effrayant même en plein jour, ainsi que le fruit de ses braconnages. »

« Seulement, vous devez vous demander pourquoi cet homme certes malhonnête, mais point dangereux s'est transformé en meurtrier. Eh bien, par le seul fait du hasard. Le père Tranchard pêchait, l'aube pointait, il y avait de la brume. Que voit-il surgir des abords du dolmen ? Une silhouette préhistorique, un monstre évadé des enfers — de l'Ankou, aurait dit cet homme superstitieux — une forme inconcevable dont l'apparition le laisse foudroyé... Il est probable, d'ailleurs, que Kerbigot ne s'est même pas aperçu de la mort de celui qu'il venait d'effrayer. »

« À deux autres reprises, le scénario s'est reproduit. Vous me direz que le braconnier n'est pas vraiment responsable de ces décès. Cela est vrai pour le pêcheur et la gouvernante. En revanche, son attitude a été ignoble quand il s'est rendu compte qu'il avait tué Madame Gémasse. Lorsque son cadavre serait trouvé, on découvrirait aussi sa voiture. Qui était garée non loin de ses meilleurs pièges. L'homme n'est pas idiot, il sait que même le plus obtus des flics pensera à lui. Le premier corps était près du dolmen, on y retrouvera le second, et on mettra cela sur le compte d'une quelconque malédiction. Aussi transporte-t-il le cadavre près du lac, il efface les traces et ramène discrètement la voiture à Rozenn, le bourg est encore endormi. Il laisse dans la voiture l'appareil photo dont il a pris soin d'ôter la pellicule, au cas où cette pauvre femme l'aurait fixé. Il revient à pied, cinq kilomètres ne font pas peur à cet homme des bois. »

« Il me reste maintenant à découvrir quelle main a versé du poison dans la tisane de Mademoiselle Vallemomble. »

XII.

Haletante, assise sur son lit, Adélaïde attendait que le bruit rompe une nouvelle fois le silence. Elle avait peur, peur de la nuit, peur de cette espèce de sifflement qui l'avait tirée de son sommeil. Ses jambes étaient convulsivement repliées, ses poings serrés jusqu'à voir blanchir les articulations.

Elle songea à chercher du secours auprès de sa sœur dont la chambre était mitoyenne. Mais elle se dit que Fabienne dormait, et après tout ce qu'elle avait enduré ces derniers jours, ce serait méchant de la réveiller...

Courageusement, Adélaïde faisait front. Elle tremblait en écoutant le silence infernal qui se prolongeait, s'éternisait. La nature était morte.

Le bruit reprit. Une ignoble reptation. Elle devait faire quelque chose, appeler, prévenir quelqu'un, il fallait qu'une autre personne qu'elle atteste de la réalité de ce murmure angoissant.

Les visages des habitants du domaine défilèrent devant ses yeux, elle ne vit personne. Une enfant moins secrète qu'Adélaïde se serait réfugiée auprès de sa mère, mais avait-elle vraiment confiance en elle ? Pourtant, si elle attendait le lendemain pour raconter cette nuit, qui oserait confirmer la véracité de ses dires ?

Le bruit, le bruit, le bruit...

Ce bruit qui envoûtait, qui endormait, qui fascinait, qui brutalisait son âme jusqu'à l'incendier tout entière. Il lui sembla que le bruit se glissait dans la chambre, elle lutta contre cette intrusion, contre un adversaire invisible, voulut se lever, et tomba de tout son long sur la descente de lit. Quelque chose de dur venait de frapper sa tête. Le sang dessina sur son visage les racines d'une fleur cruelle avant de souiller la chemise de nuit en dentelle.

Se relevant, elle se précipita vers la pièce voisine, l'esprit en déroute, le corps meurtri, la tête parcourue d'élancements.

– Fabienne ! Fabienne !

Le bruit...

– Fabienne !

Elle poussa plus qu'elle n'ouvrit la porte de la chambre de sa sœur et une violente nausée monta à ses lèvres.

Le lit portait encore l'empreinte d'un corps, mais la pièce était vide.

* * *

– Allo ? Allo ? C'est bien le 34 à Rozenn ?

– Oui...

– Docteur Vandoeuvre ?

– C'est moi...

– Georges de Lière à l'appareil. Un nouveau drame vient d'avoir lieu au château.

– J'arrive.

* * *

Un fugace soleil d'aurore dansait à travers la chambre. Il joua délicatement avec le visage attristé de Mademoiselle de Trézent qui veillait sa sœur, agenouillée auprès du lit, une des mains de la petite dans les siennes.

À côté d'elles, le Docteur Vandoeuvre rangeait son matériel. Il courbait les épaules.

* * *

Ce même matin, par hasard, Pascaline d'Ardanges rencontra sa cousine Albane, non loin des berges de la rivière où elle aimait à se promener. La fillette s'empressa de lui raconter ce que ses parents et surtout les indiscrétions des domestiques avaient bien voulu lui apprendre des événements qui avaient tenu en éveil la maisonnée.

– Maintenant, conclut-elle, il va falloir que Fabienne s'explique sur ses disparitions nocturnes... Ma tante de Trézent est inquiète, chagrinée, mais elle risque d'être aussi très fâchée...

Pascaline lui fit remarquer que Fabienne n'était plus tout à fait une gamine.

– Peu importe, reprit la petite fille, il faudra bien savoir qui elle va retrouver sur la lande !

– Tu es une vipère, une mauvaise langue. Je devrais te flanquer une correction pour ce que tu viens de dire, mais les aventures de ces derniers jours doivent te troubler plus que tu ne l'imagines... Mais tu es sans doute un peu jeune pour comprendre cela ?

Albane baissa la tête pour dissimuler un pli ironique de sa lèvre supérieure, puis se laissa choir de tout son long dans l'herbe moussue, en observant sa cousine du coin de l'œil. Son regard devint malicieux.

– Je crois que j'ai compris beaucoup de choses, ici.

* * *

Madame de Trézent, alternant douceur et menaces, avait vainement cherché à confesser sa fille aînée. Devant l'insuccès de ses tentatives, elle avait prié Julien de Lière d'avoir une conversation avec la jeune femme, entretien dont il fit part sans scrupules à Monsieur Du Coët, sans même omettre toutes les réserves que lui inspirait l'attitude de sa cousine.

À la tombée du jour, l'ancien officier était sorti dans le parc pour réfléchir plus à son aise. Julien venait de le quitter.

Les incidents se précipitaient, donc. L'ombre de l'allée de tilleuls était apaisante, mais le vieil homme se sentait agité de pensées qui s'entrechoquaient. Quelle pouvait bien être la lueur inconnue qui avait tiré Fabienne de son sommeil pour la faire sortir dans le parc ? Et disait-elle la vérité ? Quels étaient ces bruits qu'Adélaïde avait perçus, tout comme Julien ? Et si elle ne s'était pas elle-même blessée dans sa chute en essayant de se lever, qui avait cherché à la tuer ? Et pourquoi ?

Monsieur Du Coët se surprit à faire des moulinets avec sa canne, comme s'il voulait se défendre d'un ennemi invisible, et s'interrompit brutalement. Dieu ! Qu'il avait été stupide, borné comme le plus bête de ses troufions ! Il savait maintenant où trouver un début de réponse à toutes ces questions.

Avec précipitation, il revint vers la masse grise de sa maison, pour téléphoner à Julien, et ensuite au commissaire Thomas.

XIII.

Au fond de lui-même, le commissaire se traitait de parfait imbécile. Il avait cru s'être montré habile en faisant garder à vue, en raison des quelques babioles qu'il avait sur le dos, ce braconnier. Ainsi, avait-il pensé, le véritable responsable des morts se serait senti en sécurité et aurait pu commettre une erreur.

Combinaison classique, mais qui n'avait donné aucun des résultats escomptés. Plus encore, celui ou celle qui tirait les ficelles de cette affaire avait non seulement repris ses pérégrinations nocturnes, mais en plus avait failli ajouter une quatrième victime à son éloquent palmarès : la jeune Adélaïde. Il lui fallait repartir de zéro, et peut-être, cette fois, tenir compte des observations de Monsieur Du Coët, tout en se refusant à suivre l'ancien officier sur le chemin paranormal où celui-ci semblait vouloir l'engager. Tous ces événements étaient du ressort d'un humain, rien de plus. Tout s'expliquerait en temps et en heure, même si, vraiment, cela avait l'air d'une histoire de fous.

Il avait cru rassurer le criminel en feignant d'avoir la conviction qu'il fallait séparer l'affaire de l'empoisonnement des drames de la lande. Or, dans son esprit, tout avait toujours été lié, et cela lui procurait la quasi-certitude que l'instigateur de cette psychose se trouvait dans l'une des trois maisons seigneuriales disposées autour du hameau.

À tout seigneur, tout honneur : Georges de Lière. Il le voyait mal déambuler dans la lande ou tenter d'occire la gouvernante, ce qu'il n'aurait pu matériellement faire, à moins d'avoir recours à un tiers...

Son épouse ? Il fit les mêmes réflexions. Leurs deux fils aînés étaient loin de la région. Ou encore Marie-Louise ? Ce qui valait pour les parents valait pour les enfants.

Julien de Lière ? Il était absent lors des premiers décès. Bien sûr, il n'y avait qu'une centaine de kilomètres entre son domaine et Rozenn... Mais pourquoi ?

Le colonel Du Coët ? Ridicule ! Quoiqu'il cherchât à le faire aller dans une certaine direction...

Madame de Trézent ? Quels motifs la pousseraient à agir ainsi ? Sa fille ? Charmante, cette jeune Fabienne ! Mais pourquoi était-ce elle qui avait découvert les trois morts ? Qu'elle sorte de bon matin son cheval ne suffisait pas à expliquer ces trop curieuses coïncidences. Et où était-elle partie, la nuit où sa sœur avait été blessée et ne l'avait pas trouvée dans sa chambre ? Fabienne était une pièce importante du puzzle.

Madame d'Ardanges ? Absence de mobiles et de possibilités…

Pascaline d'Ardanges, dont le père était interné ? Peut-être y avait-il là quelques probabilités. Mais comment aurait-elle pu agir ? Pascaline… cette jeune fille active, sympathique, enjouée…

À présent, d'une écriture presque automatique, trois noms s'inscrivaient dans le haut d'une feuille constellée de bigarrures. Le policier poussa un soupir ému. Son visage témoigna d'une gravité nouvelle, ses yeux fixant un point invisible par-delà le mur du bureau. Il lui arrivait d'avoir peur du redoutable pouvoir qui lui était confié.

* * *

L'heure était très matinale, le vieux gentilhomme espérait ainsi tenir secrets ses travaux. Une brume humide tout à la fois dense et éclairée par derrière les premiers feux blafards d'un soleil naissant montait des eaux du lac.

Un sentiment d'abandon et de solitude émanait des grossières dalles grises du mégalithe. On aurait pu imaginer que quelque féroce gardien de ce sanctuaire se dissimulait dans les replis du brouillard, ou qu'à l'abri des eaux étaient tapis d'improbables yeux. Dans l'air même flottait quelque chose d'insolite. « Des exhalaisons de putridité », songea Monsieur Du Coët, qui se représentait sans peine ce qu'avait pu être l'état d'esprit des prisonniers de cette solitude implacable, qui avaient vu monter vers eux des tréfonds de la brume une forme indéfinie et horrifique.

Indéniablement, le lieu sentait la mort. L'ancien officier évoqua certaines cryptes où reposaient des gisants, dans lesquelles il avait été prouvé que les corps décomposés depuis des siècles incommodaient les personnes physiquement et mentalement les plus résistantes. Or, il était persuadé qu'une émanation de ce genre gisait sous le dolmen et que ce qu'il découvrirait dans le tumulus plus que millénaire lorsqu'il aurait trouvé l'entrée permettrait peut-être d'expliquer pourquoi l'endroit attirait le deuil.

Il regarda sa montre : sept heures moins dix minutes. Plus d'un quart d'heure de retard ! Cela ne ressemblait guère à Julien. Que faisait-il donc ?

* * *

Les gigantesques pics qui trouaient le dôme céleste paraissaient envahis d'une vie propre, vampirique, pleine de choses étranges. Des horreurs si bestiales, si repoussantes que son esprit était submergé par la crainte. Leur vitalité tour à tour ténue ou opulente faisait affluer à son subconscient des notions dont jusqu'alors il avait été impossible de saisir la dimension universelle, telle l'immortalité, la transmutation des âmes ou la métempsychose.

Tandis qu'elle rêvait ainsi, elle sentit son corps vibrer. Sans qu'elle pût intervenir, ses pieds quittèrent le sol du vallon, ultime attache d'avec la terre. Une angoisse indescriptible l'envahit, une noirceur sans nom la ceignait de toute part. Elle sentait qu'elle se déplaçait dans la nuit sans rien pouvoir distinguer de son cheminement. Son âme fut la proie de vertiges sans fin, jusqu'à ce qu'une lueur falote vînt éclairer l'endroit où les vents l'avaient portée. Elle se calma graduellement en découvrant les contours obscurs de parois rocheuses connues. Elle était de nouveau dans le val. La lumière qui, tout d'abord, l'avait maintenue dans une aube brumeuse grandissait jusqu'à imposer son être aux parois vertigineuses, à les abolir dans le flamboiement d'un brasier blanc qui l'environnait d'irisations opalines qui se creusaient, se brisaient, se renouaient comme pour la célébration d'une mystérieuse apothéose.

Une nouvelle clarté fragile fut déposée par l'aube naissante sur son visage à la fois endormi et parcouru de tics nerveux. Fabienne ouvrit les yeux et l'accueillit sans crainte. En dépit de ses muscles douloureux, elle ressentait un apaisement inconnu et souhaita qu'il durât longtemps tout en pressentant qu'il ne s'agissait peut-être là que d'un étrange passage obligé.

Son réveil lui apprit qu'il était très tôt, mais elle se sentait parfaitement éveillée. Elle se leva pour tirer les rideaux masquant les fenêtres.

La chambre qu'elle occupait était située juste avant que ne commence l'angle de l'aile du château en retour d'équerre, et ouvrait sur une cour intérieure fermée d'un côté du U par l'aile et de l'autre par la chapelle et les écuries.

Ses yeux errèrent nonchalamment sur le paysage qui se découvrait devant elle : le châtelet d'arrivée, l'allée de hauts chênes plusieurs fois centenaires, les champs noyés sous une brume basse, puis elle dirigea son regard vers la cour sablée.

Tous les muscles de son corps se crispèrent, une bourrasque de brouillard humide s'insinua à travers ses vêtements de nuit sur sa peau glacée.

Sur le sable doré reposait une forme humaine.

XIV.

La juge d'instruction Monique Dormères était une femme avenante, affable, sceptique même quant à sa propre valeur, ce qui la distinguait du pédantisme gourmé de certains de ses confrères, et qui n'avait pas de complexes touchant à son sexe. Elle avait dépassé le stade de la gêne causée par le fait de travailler dans un milieu presque uniquement masculin, mais elle n'ignorait pas ne point posséder toute l'expérience requise pour instruire une affaire aussi trouble que celle des Landes Guibert.

Elle reçut avec plaisir le commissaire Thomas. L'homme lui semblait sûr et solide, à la mesure de cette enquête qui menaçait de traîner. Juste après qu'ils eurent allumé respectivement pipe et cigarette, le policier attaqua :

– Madame la juge, si vous m'y autorisez, j'aimerais faire rapidement le tour de la question. D'une part, nous avons le sieur Kerbigot, sous les verrous, mais pour d'autres motifs d'inculpation que ce qui nous intéresse. Nous avons d'autre part trois morts absurdes, et avons bien failli en voir deux de plus. Entre parenthèses, heureusement que la gamine s'en est bien sortie, sa chute aurait pu être mortelle si sa tête avait heurté le coin de la cheminée ou de la commode. Mais reste à savoir ce qui l'a effrayée au point de lui faire perdre conscience de son environnement. En fait, tout se résume, à mon sens, à cette interrogation. Mais n'allons pas trop vite. Si vous me le permettez, dissocions pour le moment trois choses : deux des morts de la lande, l'empoisonnement, et l'attentat contre Monsieur Georges de Lière. Laissons de côté les victimes de la lande, car, à ce sujet, je nage toujours dans le flou. La tentative de meurtre contre la gouvernante me semble pour l'heure plus intéressante.

– Vous avez du nouveau ?

– C'est possible. J'ai tourné en tous sens les données du problème et finalement j'ai pu en sortir quelque chose. D'abord, il est établi que personne parmi les convives du dîner n'a pu verser le somnifère dans la tasse de Mademoiselle Vallemomble. Donc, intervention extérieure.

– Mais le mobile ?

– Je l'ai.

– Félicitations.

– Attendez. C'est par recoupements entre des interrogatoires et la fouille approfondie des affaires de la gouvernante, en découvrant une cravache — alors qu'elle ne montait pas à cheval — que je suis arrivée à une première conclusion : cette femme battait et maltraitait ses élèves. Après des réticences, les petites ont fini par l'admettre.

La juge poussa un soupir, pensant aux farces que sa propre fille et ses camarades avaient faites à un professeur ou à une surveillante jugée trop sévère.

– Croyez-vous ce motif suffisant pour que trois gosses se transforment en meurtrières ?

– Je n'ai pas dit cela. Les enfants n'ont sans doute jamais pensé à la tuer. Elles devaient penser à une mauvaise farce, accompagnée d'une vengeance qui les dédommagerait des humiliations subies.

– Admettons. Où ont-elles pu se procurer le médicament ?

– Madame de Trézent en possédait dans son armoire à pharmacie, laquelle n'est pas toujours cadenassée. N'oublions pas que la gouvernante a été tuée le soir de la journée où avait été assassiné le chien et qu'elle en avait donné à sa fille. Bref, voilà comment je vois la chose. Les gamines se sont procuré de ces comprimés solubles dans de l'eau chaude, et j'ai remarqué que la notice indiquant les précautions d'usage pour le dosage avait été perdue. Je pense qu'elles n'ont pas dû chaparder plus de deux ou trois comprimés, pour que le vol reste discret. Mais elles ignoraient l'effet combiné de ces comprimés et de l'alcool... Notez, je le répète, qu'elles ne veulent pas tuer, juste se venger.

– Bien, mais comment ont-elles agi ?

– Très simplement, vous allez le voir. La salle à manger se trouve dans l'aile du dix-huitième siècle, au-dessus des cuisines, après le petit salon. Les gamines, elles, couchent dans l'aile la plus ancienne, donc à l'opposé. Pour éviter de se faire surprendre, celle qui a commis le forfait est descendue au rez-de-chaussée par un autre escalier, elle est remontée dans l'aile centrale sur la terrasse et de là a pénétré dans le petit salon après qu'on y ait comme d'habitude déposé les cafés, les liqueurs et la tisane, où elle a versé le somnifère. Elle est ensuite repartie par le même chemin. Tout cela n'a dû prendre que deux minutes, les domestiques étaient occupés à la cuisine ou à l'office, et j'imagine que les deux autres fillettes devaient faire le guet.

– Mais n'a-t-on pas pu l'entendre de la salle à manger ?

– Les portes étaient fermées, les gens discutaient…

– Vous avez réponse à tout, et je dois vous avouer que votre théorie me séduit. Maintenant, qu'allez-vous faire ?

À son tour, le commissaire poussa un long soupir :

– Rien.

– Rien, vraiment ? dit la magistrate, surprise.

– Écoutez, Madame le juge, tout cela ne repose que sur mes convictions. Pressées de questions, les fillettes se sont troublées, coupées, mais ont tenu bon, on n'en sortira rien de plus. Ensuite, j'aimerais savoir si elles ont fait cela de leur propre chef ou si on a profité de la cruauté de cette bonne femme pour les amener à agir ainsi. Aussi vous serais-je reconnaissant de ne pas bouger pour l'instant.

– Soit. Mais ne trouvez-vous pas surprenant que Madame de Trézent, le comte et la comtesse de Lière aient laissé la gouvernante se livrer à ces brutalités ?

– Ils n'en savaient rien. La plus petite, Lise-Marie, a avoué que celle-ci les avait menacées des pires représailles si elles se plaignaient à leurs parents.

– Pas possible, nous sommes retombés à l'époque de la Comtesse de Ségur, mon cher ! Revenons, si vous le voulez bien, à Agatha Christie : qui aurait eu intérêt à pousser ces gosses à droguer la gouvernante ?

– Celui ou celle qui s'acharne à troubler la paix de cette région. Celui qui tire les ficelles. Pour moi, en dépit des apparences, tout est lié.

– Peut-être, mais en ce cas, le motif est incompréhensible. Ces crimes, s'ils ne sont pas dus au hasard, n'ont aucune raison d'être !

– Justement...

– Alors, selon vous, les deux premières morts ne seraient pas des actes criminels ? Mais s'il y a eu assassinats, poursuivit la juge, le meurtrier agit sans mobile, et s'il agit sans mobile, c'est soit qu'il est fou, soit qu'il tue pour faire peur.

– Exactement. Et notre seul problème est que nous trouvions des suspects dans l'une ou l'autre de ces catégories.

– Voyons cela. Première possibilité, l'aliénation mentale…

– Je pense qu'on vous a remis le dossier d'Ardanges ?

La juge approuva de la tête.

– Croyez-vous envisageable que sa fille ait hérité de ses… euh… dispositions ?

– Monsieur d'Ardanges a été résistant, capturé, déporté, il se peut que son état vienne de ce qu'il a subi aussi bien que d'une prédisposition génétique. Dans ce dernier cas, l'a-t-il transmise ? Pas impossible. Ce n'est qu'un sentiment subjectif, mais elle dégage quelque chose de… de satanique… Le terme est peut-être un peu fort, mais…

La magistrate n'eut aucune envie de sourire. Bretonne, elle connaissait le poids des superstitions sur la population, et ce qu'elle avait lu dans le dossier était bien présent à sa mémoire. Elle resta pensive un instant, puis demanda au commissaire s'il voyait d'autres personnes rentrant dans cette catégorie.

– À première vue, non. Mais allez savoir ce qui se tapit dans les replis de l'âme de gens d'apparence équilibrée.

– Oui. La seconde catégorie ?

– Si nous avons affaire à quelqu'un qui cherche à terroriser les Landes Guibert, il nous faut savoir quel but il peut poursuivre en créant un malaise. Et ce d'autant plus que les habitants du hameau ne semblent pas les plus concernés par ces relents de sorcellerie.

– Comment cela ?

– Le village est inquiet, sans plus. L'atmosphère y est tout à fait normale, respirable. En revanche, cette affaire angoisse et commence à engendrer des dissensions entre les occupants des trois fiefs : Taberges, Dubrie, Kerlanneg.

– Vous m'ouvrez de nouveaux horizons... J'ai quelques renseignements sur ces gens-là.

La juge réfléchit quelques instants, puis reprit :

– Écartons pour l'instant les occupants de Taberges et le colonel Du Coët. Reste Kerlanneg. Les terres du domaine sont immenses, assez riches, et partagées entre deux propriétaires : Georges et Julien de Lière. Il m'a été rapporté que le premier nommé menait grand train, casino, club à Paris. Il est riche, presque trop pour un hobereau de campagne. Ne serait-il pas, alors, tenté de posséder Kerlanneg pour lui tout seul, sans avoir à partager avec son cousin et ces dames de Trézent ? Julien de

Lière, lui, mène une vie dénuée d'ostentation, deux chevaux de concours, une belle voiture, du personnel, d'accord, mais cela correspond à ses revenus et aux besoins de sa propriété. Cependant, qui sait ? Veut-il plus ?

– En ce qui le concerne, coupa le policier, il me semble difficile qu'il ait pu commettre les deux premiers meurtres.

La juge ne se formalisa pas.

– Probablement… Mais étudions tous les cas de figure. Je continue. Les Trézent sont sans fortune et vivent en grande partie de la charité de Julien de Lière. Quitter Kerlanneg serait pour elles une catastrophe. Venons-en à Monsieur Du Coët, dont la famille fut de haute et noble puissance. Ne souffre-t-il pas de n'avoir plus l'éclat de ses ancêtres ? Si le domaine était vendu à vil prix, il pourrait l'acheter et reconstituer la grandeur de sa famille… Reste Madame d'Ardanges. Je vois mal cette femme agir ainsi, elle n'a nul besoin d'augmenter ses revenus… Et ajoutons à tout cela le fait qu'aujourd'hui terres et fermes coûtent plus cher que cela ne rapporte, nous devons plutôt envisager qu'un désir mégalomaniaque de puissance pourrait être à l'origine de ces perturbations. Peut-être pourriez-vous vous intéresser aux cousins de Lière et au maire ?

– Volontiers, mais j'aimerais vous reprendre sur un point. Vous dites que les fermages ne payent guère, c'est vrai. Mais cette région devient touristique.

– Une spéculation immobilière ? Nous sommes loin de la mer !

Elle marqua une pause, puis reprit :

– Il reste à éclaircir l'agression dont a été victime Georges de Lière. Rien de nouveau ?

– Que du classique : instrument contondant non identifié, crâne protégé par la casquette de chasse qu'il portait, cuir chevelu entaillé, etc... Il dit avoir été frappé par-derrière et ignore tout de son agresseur.

– Croyez-vous qu'il chercherait à protéger quelqu'un de son entourage ? Et que faisait-il dehors à l'aube ?

– Il n'est pas impossible qu'il me cache quelque chose. Mais j'ai interrogé un homme commotionné. Il était sorti à l'aube pour surveiller un poulinage. Cette déclaration a été confirmée par un employé, et j'ai vu la jument et son produit.

La juge risqua :

– Des suspects ?

– Aucun. Pas plus de mobiles, d'ailleurs... Voyez-vous, Madame la Juge, on chercherait à nous entraîner dans de multiples directions pour masquer les vraies raisons de ces actes que l'on n'aurait pas agi autrement... »

L'après-midi finissait.

XV.

Pascaline attendait Julien de Lière, assise sur une étroite jetée de bois moussu qui servait à amarrer quelques barges. L'eau était calme, à peine trouble, légèrement irisée par une brise d'ouest qui faisait voleter les cheveux dorés de la jeune femme.

Il arriva sans bruit et la surprit. À dire vrai, il avait été étonné de la voir déjà sur la passerelle de l'embarcadère alors qu'il se croyait en avance et s'était accordé quelques instants pour l'observer, troublé par le visage grave qu'arborait sa lointaine parente et qui semblait accentuer la sévérité de ses traits.

Tous deux prirent côte à côte un sentier qui coupait champs et landes en leur milieu. Le jour allait bientôt décliner, les souffles de la bise fraîchissaient. En même temps, la terre qui s'était gorgée des rayons du soleil exhalait des bouffées imprégnées de pin, de fleurs sauvages, d'herbe chaude. Le marquis l’observait discrètement, songeant qu’elle était charmante, mais encore contrainte, peu éclose.

Quelques pierres arrondies par les vents et les pluies d’innombrables millénaires émergeaient des pousses sauvages du champ où ils venaient d’arriver. Mademoiselle d’Ardanges s’assit sur l’une d’entre elles qu’enveloppaient quelques touffes de bruyère.

– Cher cousin, fit-elle brusquement en rejetant la tête en arrière pour chasser de ses yeux des mèches folles, je vous ai fait venir pour vous demander une preuve d’affection.

– Comment pourrais-je vous la refuser ? Bon, Pascaline, il me semble que nous nous connaissons assez, en plus d’être parents, pour nous tutoyer, même si tu n’es plus une enfant. Ce que tu veux dire en sera favorisé, non ?

Elle eut l’air embarrassée, puis poursuivit sans lever les yeux :

– Puis-je te raconter quelque chose, un secret qui n’est pas le mien, mais qui a beaucoup d’importance, sans avoir l’air de vouloir faire du mal ?

Elle releva son visage, et poursuivit :

– Si je trahis, c'est uniquement pour que l'on m'aide à assister une personne qui souffre.

– Vas-y.

– Eh bien…

Il ne put supporter l'interrogation prolongée de ces immenses yeux d'enfant qui lui paraissaient plonger au plus profond de son âme.

– Bon, alors, raconte-moi ce qui te préoccupe…

Pascaline commença à lui narrer les alarmes de Fabienne, les ténèbres qui assombrissaient l'esprit de sa cousine jusqu'à la convaincre qu'elle seule était responsable des morts de la lande, que quelque terrible maléfice enchaînait son âme à toutes les perversités d'espaces enchevêtrés où se confondaient le pouvoir d'octroyer la mort, la quête de celle-ci, la rédemption par la souffrance, l'influence d'esprits souterrains troublant la raison et le corps matériels, jusqu'à totalement les détruire.

–… D'une certaine manière, poursuivit-elle, je puis presque dire que Fabienne est possédée par des forces qui la noient dans une mélancolie profonde, un indicible dégoût d'elle-même… Elle pense même quitter les Landes Guibert…

– C'est absurde !

Sa main balaya l'air.

– Elle est attachée à ce lieu. Qu'elle soit imaginative, je le pense. Toutefois, dans les cas graves, elle sait recouvrer son esprit pratique. Le fait que ce soit elle qui soit venue me chercher le prouve amplement.

— Ainsi, tu étais prévenu en venant ici ? demanda Pascaline en lui adressant un regard aux étranges reflets, presque filial. L'air devenait plus frais encore. Il ne répondit pas tout de suite, frôlant de la main les bruyères fouettées par le vent. Il y eut un silence, le crépuscule approchait. L'attente ne les gênait pas, mais Julien la sentit préoccupée.

– Enfin, Pascaline, tout cela t'inquiète tant ?

– Oui. Julien, peux-tu comprendre ? Toute ma vie a été obscurcie par la terrible épée qui toujours pèsera au-dessus de moi ! Je me découvre une amie, et elle me précipite dans un autre enfer…

Elle se tut, tripotant une mèche de ses cheveux entre ses doigts qui tremblaient.

– Tu vas bien, Pascaline ?

Une subite angoisse venait de l'envahir, elle mit quelques instants avant de répondre, très bas :

– J'ai peur…

– Toi ? Peur ?

– Je sais… ce n'est pas explicable… Ce soir, malgré l'air léger, je sens que l'atmosphère est lourde. J'ai peur pour Fabienne. Même le ciel est triste, regarde-le, glauque, sans joie. Écoute ! C'est l'horloge de la chapelle que l'on entend. Ne dirait-on pas qu'elle sonne le glas ? Le glas qui sonna avant que la ville d'Ys ne s'engloutisse…

– Pascaline, tu racontes n'importe quoi ! Tu lis Edgar Poe, ou tu as vu un film d'épouvante ? Ressaisis-toi !

De nouveau, le silence s'instaura entre eux. L'exaltation de la jeune femme semblait l'avoir épuisée. Julien la soutint, serra son bras et tapota son dos secoué de tremblements. Elle soupira, se redressa.

– Pardonne-moi, dit-elle d'une toute petite voix, mais… peux-tu l'aider ? Vas-tu le faire ?

– Je suis ici pour cela.

Une nuée de corbeaux bruyants s'abattit non loin d'eux, troublant les bruits du vent et les obligeant à parler plus fort.

– Bon, proposa-t-il, nous devrions rentrer. Ta mère doit s'impatienter, et moi je suis attendu à Dubrie pour le souper.

Elle acquiesça, se leva. Ils revinrent vers Taberges sans échanger un mot, ayant en quelque sorte conclu un pacte. Devant la grille du manoir, Pascaline se retourna vers son interlocuteur.

– Encore quelque chose, cela m'était sorti de l'esprit. J'ai, il y a peu, parlé avec Albane. Elle me semble savoir certaines choses, si elle ne cherche pas à se rendre intéressante...

– Je verrai cela.

Julien prit congé en l'embrassant affectueusement.

La nuit était presque complètement tombée lorsqu'il revint à Kerlanneg où il prit quelques effets. Ensuite, il monta dans sa voiture et se rendit à Dubrie. Monsieur Du Coët l'attendait sur le seuil.

– J'ai commandé un bon souper. Vous en aurez besoin, cher ami, avant votre nuit... »

* * *

Fabienne s'était couchée avec la ferme intention de repousser le plus possible l'échéance du sommeil. Mais les fatigues de la journée eurent raison de sa détermination et elle recommençait un périple, tour à tour plein d'horreur ou magnifique, dans des mondes en principe inaccessibles à l'esprit humain. Une personne qui l'aurait vue dormir aurait de suite compris que son âme était soumise à la torture. Son visage oscillait de droite à gauche comme si une main invisible le souffletait avec violence ; ses doigts, d'abord croisés sur sa poitrine se tordaient en mélismes convulsifs, serpents de chair détachés des mains ; son corps tout entier était parcouru de soubresauts, de frémissements, qui peu à peu s'apaisèrent tandis que tout son être semblait se détendre.

Elle venait de reconnaître le vallon aux hauts pics, l'amphithéâtre de terre et de brume, le ciel vague à l'immensité chatoyante, l'amoncellement lointain de roches grises qui se rapprochaient à une vitesse inouïe, ne laissant pas à son esprit le temps de se raccrocher à des repères. C'était comme si un maelstrom de vents la catapultait vers ces dalles de pierre aux formes ambiguës, afin qu'elle s'y fracasse et l'inonde de toutes les cellules de son intelligence. Son esprit se préparait à un choc terrible, elle était redevenue chair souffrante, mais son être indéfini se fondait dans la roche, entraîné vers une cavité noire d'où il déboucha dans une sorte de crypte dont les murs auraient été faits d'un liquide boueux. Ce magma visqueux se boursoufflait, les bulles semblaient s'organiser, s'éclairer, se toucher, se distendre, se gonfler jusqu'à prendre la forme vague, à peine visible d'un visage cadavérique qu'elle reconnut sans ne l'avoir jamais vu, une figure qui résonnait d'appels à la pitié, qui implorait, comme pris au piège depuis des temps immémoriaux et qui entrevoyait l'espérance de la liberté. Elle s'approcha de la muraille, ne pouvant résister à cet appel muet, et une sorte de vapeur, de buée incolore l'ensevelit d'un coup, pour la mener à un autre endroit qui la terrifia, car elle le pressentit à la fois connu et étranger.

* * *

Georges de Lière n'arrivait pas à savoir s'il dormait ou si la douleur le tenait éveillé. Des élancements douloureux parcouraient son crâne, comme si une main invisible avait cherché à décoller la peau de ses os. Il songeait aux premiers chrétiens que l'on suppliciait, aux séances de torture que l'on infligeait aux sorciers, aux interrogatoires cruels en temps de guerre... Un bruit inhabituel lui parvint au-delà de sa souffrance, une sorte de chuintement qui pouvait venir de la maison ou de l'extérieur.

Il voulut se lever, mais retomba sur son lit en réprimant un cri de douleur. À un moment, tout lui devint indifférent. Il avait trop mal.

XVI.

Julien tendit l'oreille avec précaution, mais, contrairement à son attente, rien ne vint troubler le silence de la nuit. Pourtant, il n'avait pas rêvé ! C'était bien une plainte sourde traduisant une terrible douleur de l'âme qui l'avait arraché à ses pensées.

Le cadran lumineux de sa montre lui apprit qu'il était cinq heures trente du matin. Il y avait donc déjà une heure qu'il se tenait là, entre dolmen et lac, attendant quelque événement improbable.

Il crut entendre de nouveau le gémissement qui semblait enfoui au plus profond de la terre, et regretta un instant de n'avoir pas permis à son ami, par égard pour son âge, de l'avoir accompagné afin de conforter ses impressions. Il tâta la crosse du revolver d'ordonnance qui alourdissait l'une de ses poches et se morigéna. Lui, avoir peur de cris de bêtes ! C'en était risible, vraiment !

Il devait reconnaître que Monsieur Du Coët, aussi extravagantes qu'aient d'abord pu lui paraître ses déductions, était en partie dans le vrai. Pour quelqu'un de seul, entouré d'une nuit opaque, l'endroit où il se tenait semblait être souillé d'émanations douteuses, comme si des fluides parcouraient l'air en associant une putridité impalpable à des miasmes issus des eaux noirâtres. Il songea aux personnes qui s'étaient trouvées choquées ou même malades après avoir été assez longtemps dans certains lieux, comme des tombeaux égyptiens, des sanctuaires primitifs, des cryptes… Quelles âmes avaient souffert en ces lieux pour y imprégner à jamais les souvenirs de leurs affres ? Comme pour chasser ces pensées, il secoua la tête puis se figea comme une statue, l'oreille aux aguets. Quelque chose se mouvait dans l'air enténébré.

* * *

Les chiens n'osaient pas aboyer, ni même s'approcher. Ils demeuraient à l'écart, paralysés par une force inconnue.

Une silhouette venait d'apparaître au sein du brouillard montant de l'étang avec les tiédeurs de l'avant-aube, ombre immatérielle hors du temps et de l'espace, protégée du monde par les flocons de brume, fantasmagorique, inquiétante. C'était une sorte de déesse symbolique dispensatrice de sortilèges, vêtue d'une tunique d'albâtre translucide, sans visage réellement défini tant il semblait transparent comme le jour à venir.

La silhouette diamantine s'avançait sur les langues de terre en amples mouvements graciles comme des voiles sous la bise.

* * *

Une crainte très particulière étreignait Julien, celle de se sentir comme sur un minuscule ilot de quelques mètres de rayon, plongé dans une vaste immensité indéfinie qui ne pouvait pas même lui renvoyer le plus infime écho de ses gestes. Il se sentait devenir dur et froid, à l'image de ces pierres qui lui tenaient compagnie. Une sourde angoisse pénétrait insidieusement en lui.

Les eaux du lac vibrèrent en surface. Cet infinitésimal clapotis le fit sursauter. Il appréhenda l'inéluctable réveil de la nature : c'était à ces moments-là que s'étaient produits...

Un gémissement analogue à celui qui quelques instants plus tôt avait frappé ses oreilles parut monter du tertre du dolmen. Instinctivement, sans pouvoir contrôler son acte, il se redressa. L'autre côté du dolmen semblait vaguement illuminé comme si la brume générait des lueurs. Puis la rougeur inattendue d'un soleil désespéré monta sur l'horizon, peignant de sang le brouillard, et la sinistre vision se matérialisa devant lui.

Un être humain — mais en était-ce vraiment un ? – se tenait non loin de l'édifice rocheux, vêtu de blanc immaculé, comme un linceul. La chose ne paraissait pas se rendre compte de sa présence, comme si cette apparence de jeune femme appartenait à un univers parallèle où il n'existerait pas.

Mobilisant ses forces et retrouvant son courage, il leva les yeux vers le visage de cette apparition chimérique, une apparence de figure avec une expression infiniment affligée et suppliciée. En découvrant ces traits pâles, il retint une exclamation de surprise. Devant lui, semblant s'immiscer dans toute son âme, le regard des Lière, plein de lueurs maléfiques, le contemplait sans le voir.

XVII.

Il n’y avait plus de mystère aux Landes Guibert, cette folle nuit d’angoisse suivie de soulagement mettait un terme à l’affaire. Le hameau, les châteaux, les fermes allaient enfin pouvoir retrouver une vie normale, il n’y aurait plus de morts trouvés au petit matin sur la lande, tous ces mystères étaient résolus. Tout était, en définitive, à la fois si simple et si cruel ! Que restait-il des innombrables hypothèses formulées puis aussitôt récusées ?

... Action maléfique du sanctuaire celtique... agissements sournois d’un braconnier... manigances liées à l’argent... sauvagerie inexplicable de chiens... Oui, que restait-il de tout cela depuis que le marquis de Lière avait eu la vérité devant lui ?

Les morts de la lande ? Le hasard, ou, plus probablement, l’action humainement compréhensible du destin dont, sans le vouloir, Pascaline d'Ardanges avait été l'instrument.

Lorsque Julien la réveilla avec beaucoup de précautions de sa crise de somnambulisme, elle commença par hurler, trembler, et, reconnaissant son parent qui lui parlait avec douceur en lui expliquant ce qui lui arrivait, s'effondra. Il la soutint jusqu'au manoir et sa mère, les entendant rentrer, les rejoignit pour l'aider à revenir à sa chambre.

Appelé à son chevet, le Docteur Vandoeuvre avait prescrit des calmants et recommandé que l'on consultât au plus tôt un spécialiste. Puis il avait entraîné sa mère, qui s'affolait, dans une pièce voisine et l'avait questionnée :

– Saviez-vous, Madame, que votre fille souffrait de tels maux ?

Madame d'Ardanges prit son temps avant de répondre.

– J'ignorais tout de son état... Il m'était impossible de m'en apercevoir, nos appartements sont loin l'un de l'autre, et aucun domestique ne couche au manoir même. Il lui était facile de s'échapper la nuit, d'autant plus que je prends chaque soir ces remèdes que vous m'avez prescrits il y a peu, et qui me font dormir comme une souche.

Soudain, la pauvre femme s'écroula sur un fauteuil tirant son mouchoir qu'elle pressa sur ses yeux.

– Oh, docteur, j'ai si peur pour elle... Si peur ! Ces crises ne sont-elles pas les prémices d'autres formes d'aliénation ?

Vandoeuvre la rassura du mieux qu'il put, mais, en quittant le manoir, il ne put se départir d'une sourde anxiété qui l'accompagna jusqu'au village. Il gara sa voiture sur la place et se rendit à Dubrie.

Là l'attendaient le commissaire, ces Messieurs de Lière et le maire. La joie de savoir leurs angoisses dissipées avait provoqué un sentiment de pitié.

À la demande du médecin et de Joël Thomas, Julien entreprit de raconter une nouvelle fois sa nuit de veille. Son récit achevé, Georges de Lière prit la parole, s'adressant au policier :

– Commissaire, il me semble que l'état de ma malheureuse cousine n'explique pas tout : ni le chien tué ni l'agression dont j'ai été victime.

– Vous avez entièrement raison. Entièrement.

Le commissaire venait de dire cela avec une intonation si particulière qu'elle frappa son auditoire. Il poursuivit :

– Pour moi, tout n'est pas réglé. Si le puzzle est presque totalement reconstitué, il manque encore certaines pièces. À moi de les ajuster, à vous de m'aider.

Tous affirmèrent leur volonté de voir la vérité se faire partout.

Ayant des patients à visiter, le médecin partit le premier, suivi de peu par le commissaire qui souhaitait se rendre à Taberges. Monsieur Du Coët retint à sa table les cousins de Lière.

* * *

Depuis sa défaillance devant le médecin, Florence d'Ardanges avait eu le temps de se reprendre, sans pour autant cesser d'être minée par l'inquiétude. Aussi accueillit-elle le policier avec son affabilité coutumière.

Après diverses questions d'usage, Thomas demanda à voir Mademoiselle d'Ardanges. Il lui fut répondu que celle-ci dormait, le médecin lui ayant donné un remède à cet effet.

– Je reviendrai, alors.

Devant l'expression inquiète de son interlocutrice, il se fit apaisant :

– Ne craignez rien pour elle, Madame, votre fille n'est en rien responsable de ce qui se passa sur la lande. Le docteur m'a confirmé la nature de ses crises. On ne peut demander raison d'actes commis sous l'emprise du sommeil. Mais, je ne voudrais pas vous tourmenter exagérément, cependant j'aimerais savoir quel est exactement l'état de son père, votre époux.

Madame d'Ardanges lui résuma la situation, précisant le lieu où son mari était interné. Oui, Pascaline avait malheureusement été témoin de crises alors qu'elle était bien plus jeune, cet état lui faisait très peur. Aussi avait-elle été soulagée du fait que Monsieur d'Ardanges ait été transféré dans un établissement de soins, et ses craintes paraissaient avoir disparu, elle avait mené une scolarité tout à fait normale. Mais il lui semblait être revenue des années en arrière quand elle avait appris ce qui était arrivé à sa fille. Julien de Lière lui avait promis de venir la voir, lui et Fabienne étaient les seuls membres de famille en qui la mère et la fille avaient vraiment confiance. Encore que Fabienne lui semblât avoir un comportement étrange, mais après tout ce qu'elle avait vu et vécu ces jours derniers...

En quittant Taberges, le commissaire remâchait la question qui lui taraudait l'esprit : qui s'était servi de Pascaline pour répandre la peur ?

XVIII.

Sitôt le repas terminé, Georges de Lière s'était retiré — « des affaires à traiter avec Ganay » — laissant son cousin et Monsieur Du Coët en tête à tête. La servante enlevait les tasses à café et s'apprêtait à apporter des liqueurs.

Les deux amis s'étaient installés dans la bibliothèque, une pièce carrée aux ouvertures menues ménagées dans l'épaisseur des murs d'une des deux tours du fort. Des volumes anciens tapissaient les parois de granit jusqu'à une altitude vertigineuse, comme si la tour avait été évidée dans toute sa hauteur.

Une bouteille aux reflets d'ambre était posée sur un plateau supportant deux petits verres de cristal aux armes du colonel.

– Armagnac hors d'âge, murmura Monsieur Du Coët.

Le marquis eut un sourire complice de connaisseur. Ils se servirent et dégustèrent silencieusement l'alcool vénérable. Julien alluma nerveusement une cigarette. Le maire des Landes Guibert l'observa, puis se décida :

– Vous ne m'en voulez pas trop ?

– Oh ! Il fallait bien que quelque chose arrive, n'est-ce pas ?

– Mais vous auriez sans doute préféré une autre issue ?

– Je ne sais pas... Disons que ne m'attendais pas à ce que toute cette histoire se ramène à un phénomène aussi normal que le somnambulisme. Votre insistance à me faire venir ici et tout ce que vous m'aviez laissé entrevoir m'inclinaient à présager...

Il n'acheva pas. L'ancien officier eut un sourire énigmatique.

– Mettons que vous avez été surpris en découvrant Mademoiselle d'Ardanges ?

Julien l'admit.

– Mais, poursuivit-il, vous avez également été étonné, car, si je ne me trompe, vous vous attendiez à voir quelqu'un d'autre venir dans les parages du dolmen ?

– Peut-être... Plutôt, je m'attendais à ce qu'il se produise quelque chose d'anormal. Que Pascaline ait été attirée en ce lieu confirme mes craintes. Mais, notez, vous étiez très proche de la vérité en soupçonnant l'existence d'une « chose » à cet endroit.

Il décrivit alors longuement les gémissements qui s'étaient fait ouïr lors de sa veille. L'ancien officier lui demanda si ce n'était pas la jeune fille qui aurait pu les pousser.

– Non, elle était trop loin, rétorqua le marquis, et, croyez-moi, ce n'était pas un cri animal. J'ai trop l'habitude de l'affut pour me laisser abuser.

– N'en déplaise au commissaire, par quelque bout qu'on la prenne, cette affaire exhale un relent de diabolisme.

– Certes…

– Et c'est justement pour cela que nous devons agir : n'oublions jamais que des morts crient vengeance.

– Vous ne croyez donc pas Pascaline responsable ?

– Pour l'instant, si. Toutefois, ne perdons pas de vue une chose essentielle : pourquoi, subitement, des personnes jusqu'alors sensées subissent-elles à présent des influences néfastes ? J'en veux pour preuve ce que vous a rapporté Mademoiselle d'Ardanges au sujet des rêves de Fabienne, si peu explicites soient-ils, et le somnambulisme de Pascaline à qui cela n'était pas arrivé dans le passé, sans oublier ce que vous-même et d'autres avez-vous éprouvé : les bruits, les chuintements… Avouons-le, tous ces phénomènes semblent liés au dolmen.

– Comme s'il était le centre de forces naturelles ou… diaboliques ?

– Pas trop mal déduit.

– D'accord. Mais, en ce cas, comment expliquer que ces forces soient depuis peu libérées ? Car, enfin, des générations se sont succédé aux Landes Guibert, sans qu'il soit fait mention de faits plus ou moins paranormaux. Moi-même, dans mon enfance, je ne garde aucun souvenir de phénomènes étranges.

Monsieur Du Coët posa sur lui un regard appuyé :

– Justement ! Justement… Tout est là. Vous n'ignorez pas que les archéologues d'aujourd'hui admettent que les dolmens et les tertres tumulaires étaient érigés pour servir de tombeaux. Par malheur, la nature du sol armoricain se prête mal à la conservation des corps et, sauf en de rares exceptions, nous possédons peu de pièces attestant de cette réalité. »

« Cependant, il est admis que l'utilisation des dolmens comme sépulture n'exclut pas qu'ils aient pu connaître d'autres destinations : temples, lieux voués à des pratiques de magie, d'évocation spirite, voire encore laboratoire d'expériences, mêmes sanctuaires inviolables des dieux-pères ou des dieux-druides, et parfois tout cela confondu au cours des siècles. »

« Ne trouvez-vous pas tout cela suffisant pour accepter que de tels lieux soient particulièrement chargés de potentiels et d'énergie sacrée ?

– Certes, mais cela ne répond pas à ma question : pourquoi ces forces se réveillent-elles maintenant ?

– Laissez-moi terminer, mon ami, car il y a plus encore, et je n'ai pas fini de vous surprendre. Il semblerait que les bâtisseurs de mégalithes aient eu tout spécialement la connaissance des lois qui régissent la circulation des champs magnétiques au sein de l'écorce terrestre. Aussi étrange que cela puisse paraître, partout où il y a un menhir isolé, un courant magnétique rencontre un courant tellurique. Là où un courant tellurique se ramifie en deux ou trois branches se trouve un dolmen à deux ou trois supports selon la nature magnétique du sous-sol. Or, le mégalithe, ou plutôt l'allée couverte, est composé de six supports équivalents à six courants : deux telluriques, deux magnétiques, deux hydrauliques. »

« Mais je vois que vous vous impatientez. Laissez-moi maintenant vous avouer qu'en ce qui concerne le renouveau de ces forces, je ne puis que risquer une hypothèse : nous avons subi, au début de ce printemps, un orage d'une violence inouïe et pratiquement impossible à cette période de l'année. »

Le marquis de Lière arbora une figure franchement dubitative :

– Mais depuis des siècles, ce ne devait pas être le premier ?

– Certainement, mais on n'a pas fait le rapport entre les forces souterraines et les orages, du moins, je n'ai rien trouvé. Et avez-vous mieux à proposer ?

– Je ne peux que penser à une intervention surnaturelle, chose que nous ne pouvons agréer. Maintenant, s'il y a un tombeau sous le dolmen, quand lui rendons-nous visite ? Il y a peut-être là matière à découvertes.

– Je le pense. Laissez-moi le temps d'en chercher l'entrée, mais discrètement, je ne veux pas affoler les habitants du village.

Ils se turent un instant. L'après-midi se couvrait de lourds nuages océaniques aux formes grotesques. Pince-sans-rire, Julien demanda à son ami si celui-ci avait l'intention de lui imposer une nouvelle nuit de veille sous la pluie.

– Dites, vous avez eu suffisamment d'émotions !

Il regarda le marquis, puis poursuivit :

– Trop, peut-être... Car, si je ne me trompe, c'est à elle que vous pensez maintenant ?

Devant cet homme qui lisait dans son âme comme dans un livre, il confessa l'inquiétude qu'il éprouvait de savoir Pascaline menacée par la terrible hérédité qui était la sienne.

– Hérédité... pas seulement la sienne, il me semble. Je ne veux pas me montrer indiscret, mais vous... avez vous parlé de cela avec Florence ?

– Non, jamais. Mais il y aura toujours un doute. Le retour de son mari de déportation, mon départ pour l'université, la date de la naissance de Pascaline… J'ai été absent plusieurs années, les études, l'armée, depuis je n'ai fait qu'entrevoir Pascaline, qui était une enfant, et je n'ai plus guère pensé à Florence. Mais récemment, en voyant sa fille de près, devenue adulte, j'ai été frappé… Et ses crises… Si Florence ne m'en parle pas, c'est qu'elle n'a à ce sujet aucune certitude, je ne veux pas la tourmenter davantage.

– Vous ne pouvez faire qu'une chose, mon ami : être bon pour elles. Votre amitié les épaulera. Mais n'oubliez pas que vit sur ces terres une autre personne qui vous a demandé du secours.

– Fabienne ?

Le vieux militaire sourit mystérieusement. Sans savoir pourquoi, Julien songea à un homme aux cheveux blancs vu dans son enfance à Guignol, celui qui manipulait les pantins désarticulés.

XIX.

Une autre personne savait que tout n'était pas définitivement terminé. Si elle avait été certaine que l'on eût pris en considération ses observations, elle se serait sûrement confiée... Peut-être à son cousin ?

Pour l'instant, aux premières heures de la matinée, elle arpentait la terrasse du château, troublée et attristée, habitée d'un sentiment d'indécision qui contrastait d'avec son habitude de ruer dans les brancards, de foncer, de ruser puis de tourner court.

Mais maintenant qu'il était revenu à ses oreilles de petite fille que « l'affaire » était éclaircie, il valait mieux peut-être pour tout le monde qu'elle se tût. Après tout, ce qu'elle avait vu certains soirs n'avait sans doute aucune importance. Quoique...

Elle marcha au hasard encore quelques instants, ne sachant que faire. Puis elle se redressa : elle devait en parler à Monsieur le Curé, qui saurait lui prodiguer un conseil.

Albane revint vers le salon d'hiver. Un peu de vent faisait voleter ses mèches blondes laissées libres dans son dos. Un pli inaccoutumé barrait son front offert à la bise.

* * *

Très droite, très digne dans son fauteuil à haut dossier, vêtue de velours bleu marine, Pascaline faisait face au commissaire. Seuls de grands cernes blafards soulignant ses yeux témoignaient de ce qu'elle endurait.

– Je sais combien les événements d'hier ont été pénibles pour vous, Mademoiselle, aussi serai-je bref. Si vous pouviez, vous aussi, être concise dans vos réponses à mes questions...

Pascaline d'Ardanges approuva d'un léger signe de tête. « Pas vraiment jolie, mais elle a de la branche », songea Joël Thomas, qui poursuivit :

– Je viens de vous apprendre de quelle manière on se servait de vos crises de somnambulisme pour vous associer aux crimes commis sur la lande...

La jeune fille se redressa brusquement :

– Vous osez m'accuser de complicité ?

– Non pas ! Nous nous comprenons mal. Si complicité il y a, et le terme est impropre, parlons de rapport, ce n'est certainement pas de votre fait. On s'est servi de vous, voilà tout. Reste à savoir qui. Avez-vous une idée à ce sujet ?

Légèrement décontenancée, Pascaline prit son temps avant de répondre.

– Je ne vois personne capable de se servir aussi ignominieusement d'une malade... De plus, n'oubliez pas que je ne connaissais pas mon état.

– Justement. La personne qui a profité de vos crises pour instiller la peur dans ce village le connaissait. Procédons par ordre. Qui pouvait vous apercevoir la nuit, arpentant la lande ?

– Au gré du hasard, n'importe qui.

– N'importe qui à Kerlanneg ?

Pascaline soupira :

– Si vous tenez à accuser mes proches...

– Je n'ai aucune idée préconçue, Mademoiselle, mais seul un habitant de Taberges ou de Kerlanneg pouvait avoir été témoin de ces crises. Du hameau, on ne peut apercevoir votre maison et je n'ai pas connaissance que la lande, de nuit, soit fréquentée comme une artère d'une grande ville. Vous voyez que peu de gens ont pu vous surprendre. Alors, pouvez-vous me donner un nom ?

– Je me refuse à soupçonner les miens.

La jeune fille vibrait d'orgueil.

– Si vous dites cela, c'est que vous pensez à quelqu'un de précis... N'oubliez pas que celui qui vous a abusé a utilisé lâchement votre personne, a déjà commis plusieurs crimes et n'hésiterait pas à vous les imputer. Ce que vous éprouvez est tout à fait à votre honneur, mais votre premier devoir est d'aider la justice. J'aimerais que vous ayez confiance en moi : si vous me donnez un nom, sachez que je n'inquièterai cette personne qu'une fois en possession de preuves irréfutables. Cela vous agrée-t-il ?

Joël Thomas avait prononcé les dernières paroles de sa harangue d'un ton très doux, un peu comme lorsqu'on console un enfant affligé. Il s'approcha de Pascaline dont le combat intérieur se lisait sur sa physionomie.

– Alors, Mademoiselle d'Ardanges ?

L'angoisse où elle se débattait fit brutalement place à une lassitude sans borne et elle prononça à mi-voix un prénom qu'elle s'accusa intérieurement de souiller à jamais :

– Fabienne... »

* * *

Le commissaire roulait vers Rennes à vive allure. La nuit allait bientôt tomber, et il conduisait mécaniquement, absorbé par le problème qu'il devait résoudre.

Il avait été mis au courant pas Madame d'Ardanges de la récente intimité de sa fille avec Fabienne de Trézent, puis avait été glaner quelques confidences auprès du marquis de Lière, qui était proche des personnes concernées.

Tout cela collait et ne collait pas. Fabienne qui trouvait toujours les cadavres. Fabienne qui s'était bien subitement rapprochée de sa cousine. Fabienne qui était chez elle à Taberges. Fabienne dont la chambre ouvrait sur la lande et qui, parfois, s'absentait nuitamment sans raison apparente et, ainsi, avait pu voir sa cousine.

Mais aussi, Fabienne était venue se confier à Pascaline après avoir alerté le marquis. Son chien avait été sauvagement tué. Et, surtout, elle n'avait aucune raison d'effrayer les habitants de la région.

Il se pouvait également que Pascaline ait lâché ce nom pour couvrir quelqu'un d'autre. Le policier jura. Non, ce n'était pas possible ! Il savait quand même reconnaître le ton de la vérité, au moins de la sincérité. La jeune fille n'avait pu mentir.

Mais alors, pourquoi était-elle persuadée de la culpabilité de son amie ?

Sans même s'en rendre compte, le commissaire traversa les faubourgs de la ville et se retrouva devant le bâtiment qui abritait les services de police. Il grimpa vers son bureau où son second l'attendait.

– Encore là ? Et votre femme ?

– Je l'ai prévenue, le boulot a priorité. J'ai du nouveau, et du salé !

– Moi aussi. Commencez.

– J'ai enquêté sur la situation matérielle de tous ces gens. Bien sûr, banquiers et notaires se sont fait un peu tirer l'oreille, mais en agitant devant eux le spectre de la Brigade Financière, j'ai obtenu des résultats.

– Alors ?

– Je résume. Rien de spécial concernant Messieurs Du Coët et Julien de Lière, Mesdames de Trézent et d'Ardanges. En revanche, Georges de Lière n'est pas blanc-bleu…

– Tiens donc ! Poursuivez.

– Voilà. Georges de Lière mène grand train, certes, mais a réalisé de mauvaises affaires et il doit des échéances. Aussi n'hésiterait-il pas à vendre une partie de ses terres pour rembourser ce qu'il doit. Malheureusement, il ne peut vendre la moindre parcelle de Kerlanneg sans l'autorisation du porteur du titre de marquis, c'est-à-dire de Julien de Lière. Ceci par clause testamentaire de tradition dans cette famille : celui qui porte le titre est responsable de l'intégrité des biens de famille.

– Vu. Le rapport avec les victimes ?

– S'il écœurait du domaine le reste de sa famille, et surtout son cousin, peut-être celui-ci déciderait-il de se séparer de la propriété ?

– D'accord. Alors il la rachèterait, puis la morcellerait, voire l'hypothèquerait… Cela ne vous semble pas un peu léger, quand même ?

– Peut-être, mais cela nous fournit un mobile, non ? On a vu des gens tuer pour moins que ça…

– Bien sûr, bien sûr… Dès demain, je retournerai là-bas.

Le commissaire marqua un temps, comme s'il lui fallait classer toutes les informations reçues depuis le début de cette journée avant d'aller de l'avant. Il remercia le policier qui rangea ses dossiers et sortit, puis il s'assit à son bureau, réfléchissant.

« Voyons, voyons, pensa-t-il, je suis Georges de Lière. Il me faut évincer mes proches de Kerlanneg. Qu'est-ce que je fais ? J'essaie de les effrayer... En plus, cela fera baisser le prix du domaine. Par quel moyen ? En me servant du somnambulisme de ma petite cousine dont je me suis aperçu en revenant d'un poulinage nocturne, puisque l'arrière des écuries permet d'apercevoir Taberges. Aléatoire, certes, mais discret. Peut-être ai-je encouragé le père Tranchard, que je sais malade, à relever ses nasses tôt le matin. Quant à la gouvernante, j'ai pu la faire droguer par mon régisseur, car était-il vraiment absent ? Oui, tout cela se tient quelque peu... »

XX.

Les habitants du hameau, en apprenant ce qu'ils pensaient être la conclusion de l'affaire, s'étaient tout d'abord sentis soulagés, mais, peu à peu, une nouvelle crainte naquit chez eux, sourde et inexprimée, venue sans doute de l'amalgame qu'ils faisaient entre folie et somnambulisme. Le malheur qui frappait Taberges rejaillissait sur eux, comme si l'espèce de malédiction qu'ils sentaient s'acharner sur la lignée des Ardanges n'allait pas tarder à les atteindre à leur tour. Et dans les sentiments confus qui les agitaient se mêlaient la compassion et une peur sournoise qui ne demandait qu'à devenir hostile.

La presque totalité des villageois était persuadée de l'existence d'un rapport, certes indéfini, entre Mademoiselle d'Ardanges, ses crises, et le dolmen qui « amenait la mort ». La plupart, également, faisaient le rapprochement entre celle qui, d'une manière ou d'une autre, octroyait la mort : Pascaline, ce qui la catalysait : le mégalithe, et celle qui la trouvait : Fabienne.

Pascaline d'Ardanges et Fabienne de Trézent étaient cousines. Ces familles étaient donc maudites ? Ou Dieu, dans Sa Sagesse, voulait-il les punir de méfaits passés ou présents ? Le hameau ne se retrouverait-il pas, lui aussi voué au châtiment ?

À l'approche du crépuscule, un sentiment nouveau s'infiltra dans leurs cœurs, une sorte de menace diffuse, oubliée depuis des siècles, remisée au tréfonds des mémoires depuis qu'avaient été vaincus pas mal de préjugés obscurantistes. C'était la crainte de ce que la nuit pouvait apporter, ses cortèges d'âmes issues des enfers froids où sont plongés l'Anaon, ensemble des âmes des défunts, le terrifiant Ankou, personnification de la mort dont la vue seule fait perdre la vie, ses demi-dieux des mondes enfouis qui arrivent, le crépuscule tombé, pour terroriser les humains. Beaucoup de gens murmuraient avant de s'endormir des prières à la limite du paganisme oubliées depuis bien longtemps, on consultait les vieux qui avaient eu connaissance de ces phénomènes et dont auparavant on se moquait.

Aussi absurde que cela paraisse, Pascaline d'Ardanges était la proie de préoccupations semblables à celles de ses voisins du hameau, elle ressentait une crainte irraisonnée du nocturne qui lui faisait fuir le sommeil.

Ce soir, elle pria longtemps, agenouillée comme une enfant d'autrefois au pied de son lit, suppliant Dieu de la délivrer de ses errances fantomatiques. Relevant la tête, elle regarda sa table de nuit, les médicaments prescrits par le Docteur Vandoeuvre. Pauvre médecine inutile ! Son mal venait de son âme et de là uniquement.

Un simple bâillement la fit frémir. Il ne fallait pas qu'elle dorme, sinon qui irait-elle assassiner aux abords de l'étang ? Elle songea à appeler sa mère auprès d'elle puis se dit que la pauvre était encore plus frappée par ce sort injuste.

Si elle n'avait pas trahi Fabienne, quel réconfort cela aurait été de l'avoir à ses côtés ! Elles auraient parlé toute la nuit, de tout et de rien, peut-être auraient-elles pu oublier cette mort qui rôdait.

La solitude l'étreignait comme jamais. Elle eut envie de gémir. De nouveau, elle regarda les médicaments, puis repoussa l'horrible tentation. Cela ne lui serait jamais pardonné, elle deviendrait une âme éternellement errante… Le silence s'instaura autour d'elle, la surprenant par sa brusque intensité, un silence de linceul. La nature venait de se taire, se mettant en attente d'un phénomène inhabituel. Elle prit un livre sans grande conviction et se mit à en tourner les pages nonchalamment, sachant bien que le texte imprimé ne pourrait pas l'intéresser.

Une vague somnolence s'empara d'elle, peuplée de cauchemars vacillants. Minuit trente… Une heure…

Elle était de nouveau en état de veille. Son cœur battait à une vitesse folle, une sueur mauvaise mouillait ses tempes. Les yeux fixés sur sa lampe de chevet, elle savait que toute cette nuit, elle se débattrait au plus profond d'une caverne sans fin.

Deux heures… Pascaline ignorait que, non loin du manoir, une autre personne était la proie de tourments semblables aux siens.

Fabienne était elle aussi tenue éveillée par l'insomnie. Quoiqu'elle se fût couchée à une heure tardive, le sommeil s'obstinait à la fuir, et peut-être était-ce mieux ainsi.

Elle avait longuement discuté avec son cousin Julien, alors que tous les habitants de Kerlanneg étaient allés dormir. Il l'avait apaisée pour un temps. Auprès de lui, dans l'intimité trouble que procure le sentiment d'être les seuls vivants au milieu de dormants, elle avait apprécié cette compagnie, mais maintenant, rendue au vide de sa chambre, elle sentait peu à peu sa volonté lui échapper sans que son esprit trouve le repos.

Cependant, d'un seul coup, la chape noire du sommeil fondit sur elle, la séparant de son corps, l'emmenant au plus profond de la nuit vers un sombre éther qui se peupla de forces mouvantes, à la fois connues et terrifiantes. Toujours recommencés, les combats de mondes en formation défilèrent devant elle.

Elle voulait s'éveiller, mais n'y parvenait pas. Brutalement, elle se retrouva dans la crypte aux murs gluants. Une sourde menace planait dans cet antre tour à tour confus, voilé de brume, ou alors traversé d'incroyable manière par des rais lumineux sans provenance distincte qui se mirent à tourbillonner autour d'elle avant de se centrer sur une des parois graisseuses.

Devant son regard horrifié, un visage connu, ou plutôt le masque déformé d'une figure humaine se recomposa lentement. Ses yeux, comme séparés de son cerveau, détaillaient les moindres replis qui se contorsionnaient avant de prendre forme, souffrant comme sur un brasier.

Achevé, le masque hideux l'appela. Elle se fondit en lui, marchant au secours de la créature qui la possédait, arriva dans une terre immatérielle peuplée de mauvais anges, projetée du vide vers cette contrée où étaient morts les soleils, vers cette étendue blême de solitude qui semblait à chaque instant se modifier, se rapprocher d'elle, l'ensevelissant dans ce qu'elle devina être un couloir, mais dont nulle paroi visible ne lui prouvait qu'il s'agissait réellement d'une galerie. Une lumière semblait l'appeler, ténue au fond du ventre du nocturne, surplombant cette caverne glaciale.

* * *

Un cri affreux, jailli de nulle part, puissant comme les sortilèges de l'enfer, déferla sur la lande, porté en écho par les vents, cri de détresse et de souffrance.

La mort venait de s'arrêter une quatrième fois aux Landes Guibert.

XXI.

Julien descendit de la chambre de Pascaline et entra dans le salon de Taberges où le Docteur Vandoeuvre, qui venait de terminer ses constatations, détaillait celles-ci au commissaire, venu dès l'annonce du drame.

– Donc, conclut-il, la mort est certainement due à un arrêt du cœur.

— Madame d'Ardanges était fragile, elle aussi ? demanda le policier, très dubitatif.

– Disons qu'elle devait se ménager. Cependant, elle aurait pu vivre cent ans, selon l'expression consacrée. Ce que je ne m'explique pas, mais pas du tout, c'est ce qu'elle faisait dehors à la fin de la nuit. Mais cela vous concerne, commissaire.

Julien intervint :

– Je crois pouvoir vous renseigner à ce sujet : avant que vous ne la fassiez dormir, docteur, vous savez que Pascaline était en proie à une crise nerveuse. Malgré cela, elle n'a pas fait que délirer, elle m'a parlé quand je l'ai ramenée. Elle considère qu'elle est responsable du trépas de sa mère : selon elle, elle aurait eu une nouvelle crise de somnambulisme et sa mère aurait eu une crise cardiaque mortelle en tentant de l'arrêter.

Le policier grogna :

– Plausible... Docteur ?

– Cette explication a le mérite de la clarté, d'autant plus que cette suite ininterrompue de drames a mis à rude épreuve la résistance des habitants de la lande.

Le commissaire se tourna vers le marquis.

– À quelle heure avez-vous entendu le cri qu'a poussé Mademoiselle d'Ardanges en butant sur le corps de sa mère ?

– Vers cinq heures du matin.

– Vous étiez réveillé ?

– Oui. Je dors mal les nuits de pleine lune. L'air était moite, j'avais laissé la fenêtre ouverte. En plus, comme le vent venait du sud-est, ce qui est rare en Bretagne, j'ai bien entendu le cri.

– Oui, je vois.

– Après tous les événements que nous avons vécus ces derniers temps, poursuivit Julien, j'ai pressenti un malheur. Je me suis habillé en vitesse, j'ai appelé mon cousin, qui avait aussi entendu, et nous sommes partis en direction de Taberges.

– Pourquoi Taberges ?

– Le cri ne pouvait venir que de là. Notre intuition a été confirmée par le cadavre que nous avons trouvé sur le sentier reliant le manoir à la pierre couverte, le dolmen, près de l'étang.

– D'accord. Où est votre cousin, pour que je puisse le questionner ?

– Il doit être rentré à Kerlanneg, pour essayer de calmer la famille. Le maire, lui, s'efforce de tranquilliser les villageois.

Le commissaire Thomas, l'air plus contrarié que jamais, quitta les lieux en grognant entre ses dents quelques injures bien senties à l'encontre de toutes les familles nobles de France et de Navarre, « tous ces gens qui se marient entre cousins, pour fabriquer des tarés »…

Dès le départ du policier, Julien qui jusqu'alors avait pris sur lui afin de faire bonne figure, se laissa choir dans un fauteuil, accablé.

– Docteur, pour elle, que peut-on faire ?

Le visage du marquis était pâle comme si tout le sang en avait fui. Vandoeuvre mesura ses paroles.

– Ce qui vient de se passer m'incite à la plus grande prudence. Cette jeune fille, déjà fragile, est infiniment choquée. Comme tout va lui manquer à la fois, je crois que le mieux est de la placer quelques jours dans un établissement spécialisé.

Le marquis sursauta, faillit dire quelque chose, puis se calma et sourit tristement en demandant :

– Dans un asile ? Comme son père ?

Il faillit ajouter autre chose, mais se mordit la langue, et se dit que Vandoeuvre n'avait pas à connaître cette incertitude quant à l'auteur des jours de Pascaline. Le médecin ne nota pas sa légère hésitation.

– Non, pas une clinique psychiatrique, mais dans une maison de repos. Un de mes confrères et amis en dirige une excellente, près de Nantes. Mademoiselle d'Ardanges peut y être dès ce soir.

– Non. Moi, je veillerai sur elle !

Monsieur de Lière s'était redressé, une flamme dangereuse dans les yeux. Ce qu'il lut dans le regard du médecin, un scepticisme léger, une lueur dubitative, le fit tressaillir. Comment pouvait-il oublier le monde réel à ce point ! Lui, s'occuper de sa cousine… cousine ou plus… Lui, s'y intéresser, alors que Florence… Toutes les années passées à l'oublier avaient creusé un fossé qu'il devina à jamais infranchissable. Un pli amer se dessina au coin de sa bouche.

– Veuillez m'excuser, docteur, vous avez raison, faites comme vous l'entendez. Ainsi, il restera une chance de la sauver d'elle-même.

– Mais prenez garde aussi à vous, Monsieur…

Le médecin se tut, sachant que les mots sont de trop devant certaines douleurs, et quitta le salon. Arrivé à sa voiture, il se retourna vers le manoir et aperçut derrière la vitre Julien de Lière, immobile, le front caché dans ses mains.

* * *

– C'est pas possible !

– Ça ne peut pas continuer comme ça !

– Maintenant, à qui le tour ?

– On ne va pas se laisser massacrer sans réagir !

– C'est des sortilèges, vrai !

– Le village est maudit ! On nous a envoûtés !

Le grand mot était lâché. Le silence se fit dans la salle du conseil municipal. Tous regardaient celui qui venait de prononcer la phrase diabolique, un solide gaillard d'une trentaine d'années réputé jusque-là pour son bon sens. Inexorablement, Monsieur Du Coët sentait la situation lui échapper.

– Mes amis, voyons ! Un peu de jugeote ! Madame d'Ardanges a été victime d'une faiblesse cardiaque.

– Comme les trois autres ?

– Toutes ces histoires de maladies de cœur, c'est des menteries !

– La vérité, c'est qu'la d'moiselle de Taberges est maudite ! C'est elle la tueuse, la louve !

– Faut qu'on soit exorcisés !

– Assez !

L'interjection fut accompagnée d'un violent coup de poing sur la table. Monsieur Du Coët regarda avec stupeur celui qui venait de s'interposer, car il ne s'attendait pas à ce que de l'aide émanât de ce Loïc Masson qui était plutôt du parti des laïcisants, votait ouvertement à gauche et s'était assez souvent heurté au maire, voire à tous les autres membres du conseil municipal.

– Non, répéta Masson, il est inadmissible que vous vous laissiez aller à de telles superstitions ! Nous ne sommes plus au Moyen-Âge. Et quant à accuser une enfant sur qui le destin s'est acharné et qui pleure sa mère, je ne savais pas qu'il y avait autant de lâches et de salauds aux Landes Guibert !

Les hommes et les femmes, tous de robustes paysans, frémirent sous l'insulte. L'un d'eux s'avança, menaçant, vers Loïc Masson, puis baissa la tête, sentant confusément que l'autre avait raison.

Monsieur Du Coët sut profiter de la situation ainsi créée :

– Maintenant, rentrez chez vous calmement, et dites-vous que je ne veux plus que de tels bavardages imbéciles reviennent à mes oreilles. Laissez faire la police, elle est efficace. Et si vous avez des doutes, priez, réfléchissez. Je serai à votre disposition, tout comme Monsieur le Curé.

Lorsque les membres du conseil municipal se furent dispersés, Loïc Masson et le colonel restèrent tête à tête.

– Merci, dit ce dernier.

L'autre le regarda :

– Il fallait agir ainsi. Vous n'auriez pas osé les brusquer. Vous êtes trop chrétien pour brutaliser autre chose que des soldats... »

À son tour, l'homme sortit, laissant le vieux gentilhomme à ses réflexions. Il savait, lui, que ses administrés n'étaient pas loin de la vérité lorsqu'ils parlaient de sorcellerie.

XXII.

Une nouvelle fois, Georges de Lière et le policier étaient face à face. Mais, cette fois, Joël Thomas était décidé à ne plus prendre de gants ni à tenir compte de la tristesse et de la fatigue qu'il lisait dans les yeux de son vis-à-vis. Il tenait un suspect valable et, enfin ! Un mobile. À peine assis dans un fauteuil, il fit part à Georges des déductions puis des conclusions auxquelles il était parvenu depuis qu'il connaissait les embarras financiers du châtelain.

– Ainsi, Monsieur, fit doucement le comte, vous n'hésitez pas à m'accuser de plusieurs crimes. Si cela n'était hautement fantaisiste, je vous chasserais de ce bureau.

Le commissaire resta calme :

– Nierez-vous, Monsieur, que l'état de vos finances est alarmant en regard de votre train de vie ?

– Pas tant que cela. Je rencontre quelques difficultés passagères, mais ma fortune est encore conséquente.

– Alors, pourquoi ne remboursez-vous pas vos échéances ?

– Parce qu'une grande partie de ma fortune est investie dans mon haras, et que je répugne à disperser en ventes publiques une partie de mon effectif, ce qui conduirait à le brader. Vous le voyez, je suis franc, car je pense que vous pouvez le comprendre.

– En effet. Persévérez donc dans votre franchise et répondez à cette question : comment, alors, allez-vous rembourser vos dettes ? Vous ne pourriez le faire qu'en démembrant le domaine... Or, cela vous est impossible.

– C'est là où votre théorie... hasardeuse se révèle fausse. Sachez que l'on me doit une importante somme d'argent qui couvrira, lorsque je l'aurai récupérée, mes échéances.

– Qui fut votre emprunteur ?

– La discrétion...

Le visage du comte s'était fermé. Le policier songea : « Même sous la torture, il ne parlera pas... Une dette d'honneur ? De jeu ? » Il décida d'attaquer d'une autre manière.

– Votre refus de révéler ce nom n'arrange pas vos affaires, car rien ne m'oblige à croire qu'une rentrée d'argent va venir couvrir vos dettes. Et quand ?

– La transaction ayant été anonyme, mon notaire pourra vous montrer certains papiers l'attestant. Moi seul connais le bénéficiaire de ce prêt.

Le policier accusa le coup. Son bel échafaudage commençait à avoir des pieds d'argile.

– Reconnaissez-vous quand même avoir eu la possibilité de surprendre Mademoiselle d'Ardanges lors d'une de ses crises ?

– La chose est possible, évidemment. Mais je ne suis sûrement pas le seul dans ce cas. Où donc désirez-vous en venir ?

– À ceci : vous avez eu toutes les raisons d'être l'instigateur de ces crimes, y compris l'empoisonnement de la gouvernante de vos filles. Vous auriez très bien pu charger votre repris de justice de régisseur de verser le somnifère.

– Vous semblez déjà avoir oublié que mes finances...

– Je maintiens que vous trouviez un intérêt à semer le désordre sur la lande. En dehors de cette dette, avouez que vous ne détesteriez pas être le seul maître de cette propriété !

– Vous déraillez, commissaire. Avez-vous également oublié l'agression dont j'ai été victime ?

– C'est justement à cause de cela que je vous soupçonne, Monsieur de Lière. Vous avez voulu trop en faire. Je pense que vous avez demandé à ce Ganay, qui n'est pas un saint et que vous devez tenir, de simuler cette attaque pour nous égarer. Ce raisonnement vaut aussi pour le chien de votre cousine.

– C'est insensé !

Le châtelain était convulsé de colère rentrée. Il éructa :

– Vous ne pouvez apporter l'ombre d'une preuve pour étayer vos assertions !

– Effectivement, concéda le policier, je n'ai que des présomptions insuffisantes pour vous inquiéter officiellement. Mais, jusqu'à nouvel ordre, je vous tiens pour mon principal suspect. C'est ainsi, tenez-le-vous pour dit.

Le commissaire s'en alla sans prendre congé, à la fois furieux et décontenancé. Pouvait-il vraiment croire à la culpabilité de Georges de Lière ? Certes, de tout ce remue-ménage, il finirait bien par sortir quelque chose, mais cette façon de procéder brouillonne l'indisposait de plus en plus, il se reprochait un manque de méthode, mais comment pouvait-il traiter une affaire où se mêlaient intérêts financiers, histoires de famille, psychologie, superstitions et même surnaturel ?

Sortant du château, il se heurta à Julien de Lière qui rentrait d'une longue promenade, entreprise à la fois pour se changer les idées et pour tenter de démêler les fils de cette toile d'horreur qui se tissait sur cet endroit. Il se pouvait que lui aussi eût pu fournir quelques explications, mais apparemment il n'avait pas l'intention de les partager avec le policier qui commença à l'interroger.

– Vous m'aviez dit être venu à Kerlanneg pour régler quelques affaires avec votre cousin. N'était-ce pas plutôt parce qu'il cherchait à vous voler des terres ?

Le marquis ébaucha un pâle sourire.

– C'est à peu près cela. N'allez pas le crier sur les toits. C'est le notaire qui a parlé ?

– Non. Déduction.

– Bien vu. Et qui vous mène ?

– À penser que votre cousin est peut-être impliqué de près dans tous ces assassinats.

En avançant brusquement cet atout, il s'attendait à une réaction. Il ne fut pas déçu : son interlocuteur pâlit.

– Non, commissaire, non ! Mon cousin a une conception élastique de la propriété, mais sans plus !

Il baissa la voix, comme s'il s'adressait à un confident de tragédie :

– Entre nous, commissaire, croyez-vous vraiment qu'il ait le courage de se trouver mêlé à des affaires de sang ? Je ne pense pas qu'il possède la valeur pour assumer de tels risques. Vous pourriez davantage me suspecter de cela…

XXIII.

Très âgé, tout cassé, d'une patience et d'une bonté difficilement concevable, revenu de toutes les errances de l'âme humaine, l'abbé Castagner relisait l'Imitation de Jésus-Christ, lorsque sa gouvernante vint l'avertir qu'une « fillette du château » désirait lui parler.

Il ne chercha pas à deviner laquelle, mais pressentit que cette visite inopinée pouvait avoir un rapport avec les faits qui secouaient le hameau, événements qu'avec sagesse il se refusait à commenter et à utiliser pour une éventuelle édification. Il se contentait de rassurer les plus faibles.

Après avoir rangé sa bicyclette, Albane attendit qu'on la prie d'entrer dans le presbytère. La gouvernante vint la chercher et la mena dans la salle basse chichement éclairée par de petites fenêtres à meneaux.

Le vieil abbé fit asseoir l'enfant, puis s'adressa à elle :

– Je t'écoute, Albane.

La petite fille frissonna. Subitement, elle avait peur de ce que son acte risquait de déclencher. Avait-elle le droit d'agir ainsi ?

Le prêtre sembla deviner ce qui l'agitait. D'un doigt déformé par l'arthrite, il désigna le crucifix saint-sulpicien accroché au mur :

– Il n'y a que Lui et nous, ici. Désires-tu que je t'entende en confession ?

– Euh... Non, Monsieur l'Abbé, car la confession est secrète, et il vous faudra peut-être répéter ce que je vais vous confier.

– C'est donc si grave ?

Albane se jeta à l'eau, tremblante, craignant d'être incohérente. Au fur et à mesure que progressaient ses confidences, le visage du saint homme se rembrunissait. Lorsqu'elle eut achevé son récit, le curé leva sur elle un regard anxieux.

– Je te demande de bien réfléchir, Albane, fit-il doucement. Je ne vais pas t'accuser de mensonge, je sais que tu es une fille franche et droite. Tout cela me semble grave. Tu portes une certaine responsabilité, tu dois le savoir, et avec le même courage qui t'a fait venir ici, il te faudra accepter les ennuis, éventuellement les tourments qui en découleront peut-être... Ne me réponds pas. Tu m'as expliqué, c'est fait, maintenant n'en parlons plus. Dieu nous éclairera. À présent, rentre chez toi, et prie. Comporte-toi comme à l'ordinaire. Tu me promets ?

– Je vous le promets, Monsieur le Curé, dit l'enfant désormais soulagée.

– Et tu tâches de faire tout ce que tu peux pour ne pas laisser paraître une émotion ni montrer que tu savais... Tu me comprends ?

– Bien sûr, je comprends. J'oublie tout, je rentre, de promenade c'est tout. Je fais comme d'habitude.

– Parfait. »

Quelques minutes après, la petite fille pédalait de toutes ses forces sur le sentier, luttant contre le vent de la lande. Arrivant à proximité du château, elle mit pied à terre et poussa son vélo. De légers petits bruits, auxquels elle n'accorda aucune attention, se firent entendre derrière elle. Dissimulé en partie par les haies d'épineux, quelqu'un observait la fillette.

* * *

Monsieur Du Coët s'était invité à dîner à Kerlanneg. Durant le souper, il avait longuement observé ses hôtes d'un soir, cherchant à deviner les pensées dissimulées par les visages. La solennité coutumière des repas au château était encore accentuée par tout ce que les deuils récents imposaient de réserve à la famille de Lière. « En fait, se dit le maire, tous ne sont pas aussi frappés qu'ils s'efforcent de le paraître... »

Ainsi, Georges de Lière semblait harassé, mais sans doute était-ce une conséquence de la visite du policier. Son épouse, elle, se moquait visiblement de la disparition de Madame d'Ardanges et seul un masque de circonstance traduisait son embarras. En revanche, les yeux rougis de Madame de Trézent disaient assez sa peine. Sa fille aînée avait durablement retenu l'attention du colonel. Amaigrie, les traits tirés, les yeux luisants d'anxiété et de fatigue, Fabienne s'efforçait d'intérioriser une agitation certes compréhensible, mais tout de même anormalement exacerbée. Ses mains étaient parcourues de frémissements, et elle semblait incapable d'avaler quoi que ce soit.

« Me serais-je trompé, songea Monsieur Du Coët. Serait-ce elle qui... »

On se leva de table en silence. Julien entraîna son ami dans le petit salon.

– Vous m'avez surpris en venant ici ce soir...

L'ancien militaire sourit.

– Je m'en doutais. Mais j'avais besoin de renifler l'atmosphère de ces lieux.

– Quels remugles avez-vous reniflés, alors ?

– Rien de bien précis, je l'avoue. Un vague sentiment, peut-être, qui me pousserait à... à vous demander de vous méfier.

– Je suis sur mes gardes. Mais, en ce domaine, tout n'est qu'imprécision.

Monsieur Du Coët bourra méticuleusement sa pipe. La demeure paraissait soudainement vidée de ses occupants.

– Julien, il y a encore autre chose. Je crois que, par hasard, j'ai fait une découverte que, pourtant, nous devons renoncer à exploiter pour l'instant.

– Vous avez découvert l'entrée du tumulus ?

– Exact.

– Et vous ne voulez pas l'explorer ? Mais c'est impossible !

– Réfléchissez, mon ami. Les paysans de ce hameau sont très excités, convaincus que le diable se tapit derrière les événements. Si nous sommes vus, ce qui ne manquera pas, en train d'investiguer auprès de la pierre couverte ne sera pas pour apaiser les esprits. En tant que maire, il m'est impossible de prendre le risque de semer la panique ou la colère. Je suis responsable de ces gens.

– Vous, soit, mais moi ?

– Vous tout autant. Accordez-moi quelques jours pendant lesquels nous ne devons avoir aucune attitude ambiguë. Nous devons nous montrer rassurants.

– Dire que la solution est peut-être à notre portée !

– Ne vous emballez pas...

Ils discutèrent encore quelque temps assez fermement, puis le marquis finit par se ranger à l'avis de son interlocuteur.

Plongés qu'ils étaient dans leur conversation, ils ne s'étaient pas aperçus que l'heure avait tourné. Monsieur de Lière raccompagna son ami au village.

Lorsqu'il revint, le château était endormi. Discret, il regagna ses appartements par l'escalier de la tour. Il s'avançait dans la galerie quand, comme saisi par une main invisible, il s'arrêta brusquement devant une porte. De derrière le battant montait une plainte étouffée.

XXIV.

Fabienne flottait dans un monde noir, silencieux, dont elle ne devinait que la forme arrondie d'une galerie aux proportions défiant l'imagination terrestre.

Peu à peu, les parois commencèrent à s'écarter ; les voûtes de cette caverne infinie s'élevèrent, des excroissances jaillirent du sol, poussant rapidement, telles des racines minérales, pour soutenir l'étendue sans cesse accrue d'une titanesque salle aux murs formés de pierres inconnues, taillées et disposées de manière à représenter de gigantesques symboles composés de lignes enchevêtrées, hideusement suggestives, qui engendrèrent en elle un sentiment d'angoisse insurmontable, qu'accentua l'émergence d'une lueur venue de nulle part à l'éclat du plomb en fusion. Son regard se tourna vers cette lumière, et elle distingua, comme sculptée dans les innombrables arabesques de la lueur, une image qui l'imprégna d'épouvante : celle de son propre visage.

Son esprit résonnait de souffrance. Heureusement, l'image se transmua peu à peu, paraissant se décomposer en une vaporeuse luminosité. De ce nuage argentin apparut lentement l'image d'une silhouette surmontée d'un visage barbare, mais connu où luisaient des yeux d'émeraude qui plongèrent au plus profond de son âme, irriguant ses sens d'un feu à la fois bénéfique et terrifiant. Cette peur ressentie n'était pas sienne, mais celle de cet être de rêve…

Elle s'éveilla après être tombée de son lit, resta quelques instants immobile, convulsée et haletante.

Il y eut un frôlement, comme si un oiseau venait de pénétrer dans la chambre. Elle mordit ses lèvres à les faire saigner. Puis un bruit de reptation monta d'en dessous les fenêtres, tourna autour d'elle, semblant s'immiscer dans tout son corps.

Fabienne voulut crier, mais il ne sortit de sa bouche qu'un gémissement quasi chuchoté.

XXV.

Tout le village s'était retrouvé à l'église puis au cimetière pour les obsèques de Madame d'Ardanges, qui avait toujours été très appréciée des habitants. L'absence de sa fille ne choqua personne, on savait par ouï-dire qu'elle se reposait dans un établissement approprié.

Disposés en demi-cercle autour de la tombe ouverte, les villageois priaient avec ferveur, et nul n'aurait pu se douter que derrière cette piété se cachait un drame dont chacun redoutait qu'il se reproduisît.

Le curé récita l'absoute, puis commença le défilé devant le cercueil. Tous tenaient à bénir une dernière fois ce qui serait l'ultime demeure de la châtelaine de Taberges, aussi la cérémonie dura-t-elle longtemps. Elle venait de s'achever lorsqu'un remue-ménage se produisit dans la foule. Les villageois s'éloignèrent rapidement d'un endroit comme si celui-ci était soudainement maudit.

Ayant déjà presque atteint la grille du cimetière, Monsieur Du Coët revint sur ses pas, écarta les femmes et les hommes qui n'osaient bouger. Évanouie, Fabienne gisait sur le sol, un de ses bras de noir vêtu entourant une croix de pierre.

L'abbé arriva à son tour et dispersa les curieux. Georges de Lière releva sa nièce évanouie et l'emporta vers sa voiture qui démarra aussitôt.

Le lieu des morts était maintenant pratiquement désert. Seuls Monsieur Du Coët et Julien de Lière, ainsi que l'abbé, discutaient auprès d'une petite porte qui faisait communiquer le cimetière et l'enclos paroissial.

Le prêtre transpirait, car il ne savait pas comment aborder ce qui lui tenait à cœur avec ses interlocuteurs. Or, il lui fallait faire vite, car tous trois étaient attendus à Kerlanneg pour le repas de funérailles.

— Est-ce donc si important et si grave, Monsieur l'Abbé ? demanda le maire en accompagnant sa phrase d'un geste encourageant.

– C'est qu'il ne s'agit pas de moi... fit le curé, le front soucieux.

– Ne serait-ce pas, dit Julien, en rapport avec la visite que vous a faite ma petite cousine Albane ? Je l'ai vue pas hasard, qui revenait de chez vous par le sentier de pierres.

Le soulagement de l'ecclésiastique fut visible.

– C'est cela, Monsieur le Marquis.

Et il leur raconta brièvement ce que lui avait rapporté la petite fille.

– Dès mon arrivée au château, je téléphone à Joël Thomas, grogna Monsieur Du Coët.

– C'est peut-être la fin de toute l'histoire... murmura Julien.

* * *

– Où est Fabienne ? Et comment va-t-elle ? demanda le marquis dès son arrivée à Kerlanneg.

Madame de Trézent le prit à part.

– Toutes ces émotions l'ont brisée... Peut-être plus que de raison, ne trouvez-vous pas ?

– Elle est encore jeune, ne put que banalement répondre Julien. Puis-je aller la voir ?

– Je crois qu'il serait préférable que vous patientiez. Pour l'heure, elle se repose et dort peut-être.

Il sembla à Julien que sa cousine cherchait à lui dire autre chose, mais Adélaïde entrait dans le salon. Elle s'inclina devant eux, très pénétrée de l'importance que lui donnait sa tenue de deuil :

– On va passer à table....

— Déjà ? s'exclama Madame de Trézent.

– Par respect pour la mémoire de notre cousine, mon oncle Georges a interdit qu'on sonne la cloche, aussi suis-je envoyée vous chercher.

Madame de Trézent se dirigea vers la porte. Sa fille esquissa un pas pour la suivre, mais Julien la retint par le bras :

– Attends, je voudrais te poser une question.

– On nous réclame !

– Chut ! Quelqu'un a-t-il vu ta sœur après son malaise ?

– Oui, bien sûr, Maman, et le docteur, qui est parmi nous.

– Ah... personne d'autre ?

– Si. Moi.

– Je veux dire : personne d'étranger à la famille n'est venu lui rendre visite ?

– Je n'en sais rien ! Je n'ai pas toujours été auprès d'elle. Je l'ai quittée lorsqu'elle s'est assoupie.

– Elle dort, en ce moment ?

– Probablement... Il faut que nous y allions... Nous ne sommes pas polis, fit la petite d'un air gravement comique.

Monsieur de Lière saisit l'extrémité des doigts de sa filleule, et, prenant un air cérémonieux, se dirigea avec elle vers la salle à manger. La laissant rejoindre les autres enfants, le marquis prit sa place, suivi par quelques regards intrigués par son léger retard. De nouveau, les coups d'œil interrogatifs se levèrent sur lui lorsqu'au milieu du repas pratiquement silencieux, il prétexta une vague indisposition pour se retirer quelques instants.

De la portion de table réservée à la jeunesse qu'elle supervisait et disciplinait, Marie-Louise de Lière suivit des yeux avec stupeur son cousin subitement pâli se diriger vers la porte. Elle ignorait que pour se faire blêmir ainsi, il suffisait de se faire très mal, ce que son parent avait fait discrètement.

Sorti de la pièce où se tenait la société, Julien se dirigea vers l'ancien escalier en colimaçon et arriva dans la galerie sur laquelle s'ouvraient les appartements de la famille de Trézent.

Avec précaution, il poussa la porte de la chambre de Fabienne, resta quelques instants sans bouger, s'attendant presque à ce que la jeune femme parlât.

Celle-ci dormait en chien de fusil. Les draps rejetés dévoilaient son corps vêtu d'une courte chemise de nuit brodée. Il détourna les yeux, amusé, mais ne voulant pas la gêner si elle se réveillait, s'approcha de la table de nuit et avisa un petit flacon de comprimés qu'il fit disparaître dans la poche de sa veste.

Tout aussi discrètement, il sortit de la chambre et regagna la salle à manger.

XXVI.

Deux jours plus tard, le commissaire s'entretenait avec Monsieur Du Coët en son château de Dubrie.

Après avoir trempé ses lèvres dans un coteau du Layon d'âge respectable, le policier, d'une voix suffisamment forte pour dominer les mugissements du vent qui battait les fenêtres, laissa tomber :

– Dans cette affaire, je me suis vraiment comporté comme un débutant...

Monsieur Du Coët ne le laissa pas poursuivre :

– Je ne le pense pas. Si un extraordinaire concours de circonstances ne nous avait pas permis d'approcher de la vérité, vous pouviez en toute bonne foi conclure à la culpabilité des enfants, de Georges de Lière, ou en celle, involontaire, de Mademoiselle d'Ardanges... Je vous avouerais que toutes ces éventualités péchaient ici ou là par un manque de clarté. Maintenant, nous avons un suspect logique, un suspect qui avait un motif pour vouloir ces crimes et la possibilité de les accomplir… Ah, si cette petite fille n'avait pas été aussi observatrice, si mon ami de Lière n'avait pas subodoré un rapport entre les dires d'Albane et la manière dont l'assassin s'y prenait, nous n'en serions sans doute pas là. Mais le mérite d'avoir été capable de démonter la machinerie mise en place par le meurtrier ne revient qu'à vous, commissaire. Vous avez su faire des réalités de vagues soupçons.

– Vous êtes indulgent. Il n'en demeure pas moins que, sans l'aide de certains, jamais nous n'aurions pu songer à… La gouvernante restait la seule personne que nous ne puissions relier à notre homme. C'est chose faite : maintenant, nous avons le chaînon manquant. Bien sûr, il y a encore à établir comment il l'a connue.

– Étant un familier de Kerlanneg, il a pu l'y séduire…

– Peut-être… Enfin, c'est là un détail. Maintenant, nous avons pu établir que le Docteur Vandoeuvre avait bien sous traitement le père Tranchard, Madame Gémasse, la gouvernante et Madame d'Ardanges.

– Soit. Mais cela, cher ami, ne nous dit pas comment il a procédé...

– Saviez-vous que j'ai envoyé mon second faire une petite enquête discrète chez le pharmacien de Rozenn ? Un type très bien, qui n'a pas hésité à collaborer avec nous. Sans deviner le but que nous poursuivions, il nous a dit que Vandoeuvre lui commandait souvent divers médicaments, qu'il emportait dans sa trousse pour les cas d'urgence, disait-il, alléguant que les « pannes » de médicaments sont comme les rages de dents ou les fuites d'eau, elles surviennent toujours les samedis, dimanches et jours fériés, quand les pharmacies sont fermées. Dont ces fameux somnifères qui furent prescrits à toutes les victimes.

« En fait, que se passait-il ? Rien ne lui était plus facile — c'est du moins l'hypothèse la plus vraisemblable — de substituer à l'un des comprimés de somnifères un comprimé semblable, mais contenant un puissant hallucinogène que seul un médecin peut se procurer sans recourir aux services des revendeurs de drogue. L'absorption de cet hallucinogène, combiné au traitement qu'il prescrivait, faisait un effet détonnant sur les personnes atteintes de faiblesses cardiaques qu'en tant que médecin il pouvait sélectionner à l'avance. Le rapport complet du légiste m'en apprendra plus.

– Mais le mobile ? Car avouez que dans cette affaire, il a été jusqu'à présent difficile de trouver des motifs valables à ces crimes, hormis la folie…

– Le motif, Monsieur le Maire, je l'ai. Et il me permet en prime d'expliquer la conduite assez déroutante de Georges de Lière. Vandoeuvre devait à celui-ci une très grosse somme d'argent, empruntée pour un projet de clinique intéressant les deux hommes, et qui ne vit jamais le jour, mettant le docteur dans l'impossibilité de rembourser : cette somme avait été investie en frais d'études de marché, de projets, qui se révélèrent inutiles du jour où le marquis de Lière mit son veto à l'utilisation dans ce but d'une partie des terres de Kerlanneg. Mais je ne vais pas vous ennuyer avec tous les détails de cette transaction.

« Le docteur était acculé. Quel meilleur mobile, donc, pour tenter de semer le doute, la peur, la haine, parmi les habitants de la lande, que de les dresser contre les châtelains tout en effrayant ceux-ci… Au sein de toute cette agitation, le comte aurait dans un premier temps négligé de s'occuper de celui qui l'avait floué, voire escroqué, ensuite sa mort n'aurait paru être que la suite d'une série morbide.

– Mais Georges est en parfaite santé !

– Oui, mais, soigné par Vandoeuvre, pour un quelconque petit problème dont on peut augmenter la gravité... La gouvernante aussi était théoriquement en parfaite santé. Passons !

– Enfin, comment peut-on devenir un meurtrier pour une simple dette ?

– N'oubliez pas que, grâce à vous, oui, grâce à vous, le docteur était devenu quelqu'un : maire, conseiller général, médecin réputé. Il encourait le risque de chuter de haut en ne pouvant assumer ses échéances, et ce d'autant qu'en temps normal, le comte ne lui aurait pas fait grâce d'un centime.

– Ne serait-ce pas là un signe d'une certaine mégalomanie ?

– Les psychiatres en décideront...

Ils finirent silencieusement leurs verres.

– Mais, reprit le colonel, avez-vous une preuve de tout cela ?

– Oui, grâce à la présence d'esprit du marquis de Lière. Au point où il en était,

Vandoeuvre n'aurait pas reculé devant un crime de plus avant de toucher le comte. Constatant l'affaiblissement manifeste de Fabienne de Trézent, il a abattu une carte supplémentaire. Après qu'on l'eût ramenée à Kerlanneg à la suite de son évanouissement, il a insisté pour la soigner et a sorti de sa trousse le petit flacon magique. Bien sûr, il a pris soin de ne pas lui faire absorber immédiatement un de ses comprimés hallucinogènes, il l'a glissé dans le flacon. Elle l'aurait pris le lendemain ou le surlendemain… Imaginez-vous la panique déclenchée par cette nouvelle mort ?

– Donc, quand Julien, après l'avoir dérobé, vous a remis le flacon, il y avait donc un comprimé mortel ?

– Exact, nos services les ont tous analysés.

Monsieur Du Coët réfléchit quelques instants, puis avisa le policier qu'il demeurait selon lui quelques points obscurs.

– D'abord, je ne m'explique pas pourquoi Vandoeuvre a choisi un moyen si compliqué, et pour tout dire assez aléatoire. Les médecins ont accès à des poisons rapides…

– Il devait penser que pour effrayer, il valait mieux que ces morts paraissent naturelles et engendrées par la peur. Ainsi, les villageois n'auraient pas manqué de faire un rapprochement d'avec toutes les légendes qui font partie de l'âme de ce terroir. En plus, on ne pouvait trouver de rapport entre ces décès et sa personne.

– Et ensuite, pourquoi ne s'est-il pas attaqué directement à la famille de Georges ? Il s'en occupait.

– Vous ne pensez pas qu'il aurait là signé ses meurtres ?

Monsieur Du Coët approuva. Puis il reprit :

– Encore une chose. Comment se fait — il qu'Albane de Lière ait pu surprendre Vandoeuvre en plaine effusion avec Mademoiselle Vallemomble ?

– L'explication la plus plausible m'a été donnée par le marquis. Selon lui, cette enfant, sous des dehors angéliques, était celle qui cherchait le plus à se venger des mauvais traitements subis, non pas comme je l'ai cru naïvement en droguant la gouvernante, mais en l'espionnant pour la prendre en défaut.

– À ce propos, comment expliquez-vous la dose massive de somnifère que l'on a retrouvé dans son estomac ?

Le commissaire sourit :

– Avez-vous oublié qui a pratiqué la première autopsie et qui a envoyé les prélèvements à Rennes ?

– Oh, juste ! Vandoeuvre... Ainsi, il avait pu faire disparaître les traces de l'hallucinogène et les aurait remplacés par le somnifère. Mais pourquoi a-t-il tué cette femme, qui lui était peut-être quelque chose ?

– Il fallait que les morts arrivent à peu près régulièrement pour entretenir la psychose. Je vais dire quelque chose d'assez horrible, mais il avait cette pauvre femme sous la main.

– Horrible, en effet... Mais, à votre avis, que vient faire le chien dans tout cela ?

– Ah, le chien ! En fait, je crois que la version de la gendarmerie est la bonne : une vengeance sans lien avec l'affaire.

– Et l'agression dont a été victime le comte ?

– Le plus probable est une crise de ce Ganay, déjà condamné pour coups et blessures, un acte commis sous l'emprise de l'alcool, il était connu pour s'être fait sortir de plusieurs troquets dans un état d'ébriété manifeste.

– Encore une question : selon vous, Pascaline a-t-elle été droguée et ses crises provoquées ?

– J'aimerais répondre par l'affirmative, mais Vandoeuvre ne s'est jamais occupé de la jeune fille dont la santé physique était parfaite. Voyez-vous, lorsque j'ai arrêté le braconnier pour faire bouger les choses et amener le criminel à se découvrir, j'ai beaucoup parlé du hasard, qu'il ne fallait pas négliger. De là à penser que les actes prémédités de Vandoeuvre ont été amplifiés, voire déclenchés par les apparitions nocturnes de Mademoiselle d'Ardanges, dont il aurait pu s'apercevoir justement par hasard, en revenant de visiter un malade…

Voyant le verre vide de son interlocuteur, Monsieur Du Coët se fit un devoir de le remplir.

– Vandoeuvre a-t-il avoué ?

– Il nie, malgré la découverte de l'hallucinogène dans le flacon destiné à Mademoiselle de Trézent. Mais la conviction de Madame la Juge est faite.

– Je souhaite que la condamnation soit sévère pour cette ordure. Le déclarer irresponsable pour le laisser vivre serait une monstruosité.

Le soir descendait, assombrissant le salon. Un étrange silence s'était établi entre les deux hommes, comme s'ils n'osaient plus bouger.

– Le braconnier, fit soudain Monsieur Du Coët, a-t-il vraiment déplacé le cadavre de Madame Gémasse pour dissimuler ses activités ?

– Oui. C'est pour cela qu'il sera inculpé.

Le colonel raccompagna son hôte jusqu'au perron. En le regardant monter en voiture, il songea à un fait sur lequel il avait jugé inutile d'attirer l'attention du policier. Très certainement, les morts étaient le fait du docteur, mais pourquoi ses victimes allaient-elles toutes décéder sur la lande, près du lac ?

XXVII.

La journée avait été venteuse, pluvieuse, parsemée de lointains éclairs, de fulgurants grondements aussitôt charriés par les souffles rauques. Une nouvelle nuit tragique s'avançait, pourtant commencée dans le soulagement apporté par l'arrestation Du Docteur Vandoeuvre que Monsieur Du Coët s'était empressé de relater.

Après cette révélation, la famille devisait à mi-voix dans la bibliothèque. Fabienne, assise auprès du marquis de Lière, se laissait aller à sourire des réparties de son cousin comme si une partie d'elle-même s'éveillait de nouveau aux charmes superficiels de la vie.

De son côté, Julien retrouvait sans déplaisir l'aimable compagne qu'avait été la jeune femme au tout début de son séjour, et il aurait ressenti pour elle un dévouement, une affection paisible si parfois l'air ne venait vibrer autour de la place qu'il occupait, lui rappelant l'existence de Pascaline, cloîtrée dans une pièce aux murs blancs, et dont il ne saurait jamais si… La chose n'étant connue que de Monsieur du Coët, il valait mieux que la question ne soit pas soulevée. Sans ces réminiscences, il aurait été parfaitement heureux, tranquille, bien qu'il vît avec un peu d'inquiétude et de tristesse arriver le jour proche de son départ. Il ne s'était déjà que trop attardé en terre bretonne.

Madame de Lière donna le signal du coucher en s'éclipsant, bientôt suivie par les autres membres de la famille. Julien n'aurait pas dédaigné poursuivre l'entretien qu'il avait avec sa cousine, mais celle-ci lui fit entendre qu'elle était lasse, aussi imitèrent-ils les autres.

* * *

Alors qu'il était allongé dans la pénombre, l'esprit de Monsieur de Lière se complut pendant longtemps à rapprocher dans un demi-sommeil ces deux figures féminines, dont l'une, encore si vive et si charmante, semblait prêter à l'autre, ensevelie sous les errements de l'âme, les couleurs de la vie. Il s'attacha longuement à ce premier songe, puis sombra peu à peu dans un profond assoupissement dont il fut brusquement tiré par quelque chose qu'il ne put identifier.

« Le vent, probablement... »

En effet, aux approches de l'aurore, les rafales mêlées de grosse pluie cinglaient comme jamais les murs épais de Kerlanneg. La maison s'emplissait de sons divers issus de la bourrasque. Il tenta de se rendormir, mais son esprit, sans qu'il sût pourquoi, s'enfiévrait de plus en plus, comme si quelque chose en lui tirait une sonnette d'alarme. N'y tenant plus, il se leva et parcourut sa chambre à grandes enjambées, pestant contre lui-même.

Dominant le vent, il y eut subitement un immense embrasement sonore, une sorte de cri jailli de la terre même. Le silence retomba très vite. Il se demanda s'il n'avait pas rêvé, s'approcha d'une fenêtre dont il écarta les volets. Une forme noire, là-bas, courait éperdument sur la lande, éclairée parcimonieusement par la lune.

* * *

Peut-être surexcitée par le souffle de la tempête, son imagination s'était avancée de plus en plus dans le domaine des songes. Comme sur un film projeté en accéléré, elle avait revu les images de ses premiers rêves :

la lutte pour la création du monde, l'amoncellement de roches des premiers âges, la vallée symbolique, la grotte, le masque de boue implorant où elle se fondait, l'immensité de la titanesque nef.

Une terreur vague s'insinuait en elle, la brume dissimulait à son regard les voûtes qu'elle présentait se dresser très haut au-dessus d'elle. Aux limites de l'horizon, mais visible grâce à quelque jeu de lumière magique au sein du brouillard, se tenait une forme blanche indéfinie.

« ... À l'aide... À l'aide... »

Ces mots lui parvinrent sans qu'elle s'en rendît compte, adressant à son esprit un avertissement. Une peur inouïe, farouche, serra ses entrailles.

« ... À l'aide... »

Alors, sans aucun bruit, sortirent les troupes de l'ombre, incluant le rêve, l'enfermant dans une malédiction hors du temps. C'étaient des visages ravagés d'êtres à demi-humains, parés de boucliers sanglants, de haillons qui palpitaient, émettant des gémissements informes, des cris d'un autre monde, sourds et continus. Ces semblants de corps humains déchiquetés, laissant échapper par des plaies béantes un sang noir, des yeux qui peut-être avaient jadis exprimé les joies ou les peines d'un cœur, mais ne reflétaient plus que le néant. C'était l'inconsistance sauvage de la mort toujours disponible, la douleur de l'infini, la souffrance de l'être qui, là-bas, l'appelait.

Elle courait, fuyant les halètements de ces êtres impurs qui parfois s'évanouissaient telle une vibration de cloche, puis renaissaient en reprenant une intensité nouvelle, stridente, évocatrice de mondes perdus. Il lui fallait rejoindre le seul être qui puisse la sauver, son double fantomatique qui reculait, alors qu'elle courait, poussée par une crainte sans nom jaillie des tréfonds de la mémoire humaine. Tout son être souffrait, la pluie battait son visage, la suffoquant par sa bouche ouverte sur un cri inarticulé, ruisselant sur sa face blême, collant ses cheveux à ses vêtements, mais nulle rafale ne la faisait trébucher, rien ne déviait sa course vers son but de sauvegarde.

Elle s'arrêta brusquement, s'affala sur la bruyère humide, le cœur battant à se rompre, ses larmes se mêlant à la pluie qui la fouettait sans relâche.

Une force inconnue la releva, tendit ses bras vers le ciel où le soleil rougeoyait, agonisant. Elle hurla, et son cri pourfendit les éléments déchaînés.

Alors, un changement extraordinaire s'opéra en elle. Elle se laissa tomber en avant, s'appuyant sur ses avant-bras, et de ses mains gratta le sol, enlevant des mottes d'argile, sa bouche même aidant à ce travail furieux. Une peur paroxysmique l'habitait : c'était elle la sorcière, la louve !

Une cavité se formait sous elle. L'orage se déchaîna. Un appel s'entendit dans le lointain.

La bête creusait.

Le sol céda et elle tomba sur de la terre battue gorgée d'eau. Elle gémit dans la noire solitude de cet antre obscur que même la fugace lueur des éclairs n'atteignait pas. Il lui sembla que de multiples mains cherchaient à la happer. Elle tourna sur elle-même, les sens en déroute, des filets de sang jaillissant de son corps.

Pourtant, il était là, elle le sentait, elle le savait !

Ses halètements étaient ceux d'un animal blessé, s'irradiant parfois en longs hululements de détresse. Peu à peu, ses yeux s'accoutumaient à l'obscurité et elle eut l'impression d'être sauvée, mais s'abattit lourdement sur le sol. Son regard, rasant la terre putride, distingua une inimaginable parodie d'être humain, une épouvantable interprétation de ce qui avait dû être un homme et dont il ne restait que de simiesques formes recouvertes d'une consistance verdâtre.

Un feulement paraissant sortir des parois glaiseuses imprégna son âme d'un gargouillis inhumain, qui montait en intensité, atrophiant toute réaction de son cerveau ou de son corps épuisé. C'était un cri rauque, rageur, elle sentait pleuvoir sur sa tête des coups douloureux, des maillets frappant une enclume de chair. Elle plongea dans une longue spirale emplie de battements d'ailes, d'ombres rampantes qui la portèrent sur une plate-forme d'où elle se vit ronger son propre crâne. Un flot de souffrances atroces, de cris inarticulés, de sensations inconnues, déferla sur elle.

Sur la lande, un être affolé courait en criant :

– Fabienne ! Fabienne ! »

XXVIII.

Les gendarmes interdisaient l'approche du dolmen. Sur le chemin caillouteux, une ambulance était garée auprès de la voiture du commissaire Thomas.

Celui-ci était descendu avec ses collègues dans la crypte du tumulus dont l'accès avait été si tragiquement dégagé par Fabienne de Trézent. Son corps, vêtu d'une chemise de nuit salie et déchirée, reposait sur le sol fangeux de cette nécropole pourrissante. Un homme mince et sec était penché sur elle. Lorsqu'il se releva, il démasqua le visage de la jeune femme, crispé par la plus terrible des angoisses.

– Sa mort n'est pas due à la chute, elle n'a rien de cassé, mais à une terreur qui a engendré un arrêt du cœur, expliqua le praticien, médecin légiste à Rennes, que le commissaire avait amené avec lui. Il faudrait maintenant la transporter au labo pour plus de détails.

– Pas tout de suite, s'il vous plaît ! demanda Monsieur Du Coët, les mâchoires crispées.

– Mais... commissaire ?

– J'appelle un gendarme pour qu'il vous aide à remonter, dit simplement le policier.

Jamais il n'avait semblé à Joël Thomas autant partager la douleur qui se lisait sur le visage du maire des Landes Guibert. L'âge, d'un coup, paraissait avoir fondu sur lui, ses lèvres tremblaient, ses yeux étaient humides. L'ancien officier priait auprès du cadavre de la jeune femme ; un vague murmure s'échappait de ses lèvres mi-closes.

Les murs de terre grasse, ravinées par les infiltrations, exhalaient une humidité putride que ne parvenait pas à chasser l'air frais apporté par l'ouverture récente. Le policier frissonna, il sentait quelques douleurs dans les épaules, obligé qu'il était à cause de sa haute taille de se tenir voûté dans cette grotte basse. La position lui était de plus en plus pénible, mais il voulait s'associer jusqu'au bout au chagrin du vieil homme.

Celui-ci se redressa lentement, sa tête frôlant le plafond de boue. Il se retourna vers l'extrémité de la crypte et fit jouer sa torche électrique.

Le cercle lumineux révéla des ossements en partie décomposés, un crâne pourri de moisissures verdâtres, divers objets, une vasque, un casque, une pique, rongés par l'humidité.

– C'est lui qui est responsable... dit sourdement Monsieur du Coët en désignant les restes macabres. Le commissaire s'approcha à son tour.

– Croyez-vous cette sépulture très ancienne ?

– Un archéologue serait mieux à même de vous répondre, dit le colonel en réprimant sa peine. Toutefois, il s'agit presque sûrement d'un tombeau druidique destiné à abriter un mort important : un roi, un grand druide, un être doué de très grands pouvoirs, un habitant Du « Sidh »[2] échappant au temps fini...

---

[2] Dans la mythologie celtique, le « Sidh » est « l'autre monde », un monde parallèle, situé au-delà des mers dans les îles bienheureuses, sous les mers ou les lacs, et sous les collines et les tumulus. Il est peuplé par les dieux et les créatures fabuleuses qui peuvent parfois revenir dans le monde des vivants.

Le commissaire allait donner son opinion, mais se retint, n'ayant pas envie d'ajouter au chagrin du colonel. Il pensait que, depuis le début de l'histoire, il soupçonnait l'existence de ce tombeau, du pouvoir maléfique qui en émanant, mais il avait gardé ce secret pour lui et pour le marquis de Lière, de crainte de paraître ridicule à ses yeux de policier… Si ce tombeau avait été visité, étudié, ces ossements n'auraient pas effrayé Fabienne de Trézent… Monsieur Du Coët porte une part de responsabilité dans cette mort… Mais… en fait, l'aurais-je écouté ? L'aurait-on cru ? Les gens d'ici se seraient encore plus affolés, et il n'y avait nulle preuve… et si l'on avait fouillé sans rien trouver ?

Sans qu'il en prît réellement conscience, ou peut-être indisposé par le lieu, un changement s'était produit dans l'esprit du policier dès sa descente dans cet antre maudit. Ce que de toute évidence il n'aurait jamais admis il y a peu, l'existence d'endroits porteurs de maléfices, l'influence par-delà les âges et la mort d'un grand « vate », le druide suprême, le devin… tout cela faisait peu à peu son chemin en lui, ébranlant ses certitudes de matérialiste. Qu'il y eût autre chose qu'un aspect lisse et sans surprise des faits de la vie lui apparaissait maintenant possible. La mort qui planait sur les Landes Guibert serait-elle chassée par la dispersion de ces ossements, de ces reliques d'une époque révolue ? Que révélerait leur étude scientifique ?

Il s'ébroua. Pour l'heure, il s'agissait de ne pas anticiper et de découvrir pourquoi cette jeune femme si pleine de vie était venue mourir là, bêtement.

Ils se décidèrent à sortir. L'air tourmenté par la bise leur sembla salubre par rapport à l'atmosphère confinée d'où ils émergeaient. Monsieur Du Coët posa les yeux sur le policier :

– Que faisons-nous ?

– Je dois retourner à Kerlanneg pour m'y faire confirmer les premières déclarations du marquis de Lière... Il y est bien rentré ?

– Oui, pour prévenir Madame de Trézent, il doit être avec elle.

– Je dois le questionner sur ces histoires de songes dont la victime aurait été la proie. À ce sujet, il se peut même que je doive entendre Pascaline d'Ardanges, si elle est en état d'être interrogée, bien sûr.

– Commissaire, demanda le vieux gentilhomme d'une voix anxieuse, ce nouveau deuil remet-il en cause les accusations portées contre le docteur ?

– Sûrement pas. Vandoeuvre demeure inculpé des quatre trépas précédents. Si on ne peut lui imputer celui-ci, c’est qu’il s’agit d’une affaire totalement différente et qui reste à déchiffrer. Pourquoi me demander cela ?

– Ces morts successives ont semé le trouble parmi les paysans de ce hameau. L’arrestation du médecin a ramené les esprits à la raison. Son innocence, ou même de simples circonstances atténuantes rejetteraient l’agitation dans ma commune. En revanche, si je leur explique sans démenti de votre part que la mort de Fabienne n’est due qu’à un accident dû à un affaissement du terrain, la concorde et la paix seront préservées.

– Vous avez raison, approuva le policier.

— Donc, vous allez à Kerlanneg ? s’enquit le maire.

– Oui. Vous m’accompagnez ?

Monsieur Du Coët sembla peser le pour et le contre.

– Je viens, mais allons-y à pied, marcher me calmera, nous avons besoin de respirer.

Ils s’engagèrent sur le sentier, parlant peu, marchant à pas comptés. La silhouette grise du castel les domina bientôt de sa masse.

Le colonel ne voulut pas faire tinter la grosse cloche de bronze et entra directement dans le vestibule.

Un silence de cathédrale engloutie accueillit les visiteurs. On n'entendait pas un bruit, pas une démarche furtive, pas même le murmure d'une voix, le château semblait être devenu une tombe sinistre et ils ressentirent une impression de mystère assez semblable à celle éprouvée dans le tumulus. Ils se retinrent d'avancer.

Un grincement les fit sursauter, une porte s'entrebâilla lentement, puis parut Valentin, courbé par la peine, qui, sans un mot, les introduisit dans un salon.

Le marquis de Lière les y attendait. Devant lui, une bouteille de vieux porto était à portée de sa main et un cendrier regorgeait de cigarettes à demi fumées. Il fit asseoir ses visiteurs.

– Georges est à Rozenn pour les formalités, et Hélène de Trézent pleure sa fille, l'abbé est avec elle, fit-il d'une voix éraillée qui prouvait que la mère de Fabienne n'était pas la seule à pleurer la disparue.

Très embarrassé, le policier fit répéter son récit à Julien, celui-ci le résuma plus clairement que sous le coup de l'émotion. Il avait été réveillé par un bruit mystérieux, avait ouvert les volets, aperçu une silhouette, s'était habillé en hâte, avait couru sur les traces de l'ombre puis avait découvert la cavité béante où celle-ci s'était engloutie.

— Un bruit, ou un cri ? demanda timidement Monsieur Du Coët.

– Impossible à décrire. Une horreur sans nom…

– Pardonnez-moi, mais n'auriez-vous pas rêvé ?

– Ma parole de soldat que j'étais éveillé.

Ils se turent un instant, retenus par une sorte de pudeur faite de vagues remords et d'incompréhension. Un murmure de Julien brisa le silence.

– Pardon ? fit le maire.

– La force du destin… C'est cela qui a tué Fabienne, qui a occis les malheureux qui ont trouvé la mort près de l'étang…

Il retomba dans un silence pesant. Ses mains tremblaient lorsqu'il porta à ses lèvres un verre presque vide. Puis, de nouveau, des mots dits très bas tombèrent de sa bouche :

– Lorsque Fabienne est venue me confier ses alarmes d'avoir découvert deux cadavres sur la lande, j'ai juste ressenti un peu de curiosité… Une fois arrivé ici, tout cela m'a paru être un jeu... Un jeu ! J'ai voulu jouer, mais l'horloger s'est moqué de moi, de nous...

On frappa, puis la porte livra passage à une petite silhouette.

— Adélaïde ! s'exclama Julien, que fais-tu ici ?

La petite leva sur lui un visage pâli où les larmes avaient laissé de longues traînées blanchâtres. Il remarqua alors que la fillette tenait une enveloppe à la main.

– Je suis venue vous apporter cela.

Monsieur de Lière se déroba à ce regard incandescent où se lisait un sentiment confus de vengeance et de désarroi.

– Qu'est-ce que c'est ?

– Je rangeais les affaires de Fabienne pour essayer de me changer les idées, et j'ai trouvé ce document. Cette enveloppe vous est adressée, mon cousin. J'ai pensé que... qu'elle avait peut-être un rapport avec la mort de ma sœur...

– Donne.

Après qu'elle lui eut remis l'objet, le marquis l'attira contre lui et embrassa ses cheveux. « Piètre réconfort », songea-t-il. Laissant l'enfant se détacher de lui, il décacheta l'enveloppe et en tira un cahier d'écolier qu'il ouvrit à la première page. Il lut quelques lignes, puis s'adressa à ses amis :

– Cela me semble bien ressortir à l'affaire. Voulez-vous que nous en prenions connaissance ?

– Mais si certains passages vous concernent personnellement ? remarqua Monsieur Du Coët.

– Nous verrons bien... je tâcherai de les sauter en vous lisant ces lignes.

Entendant ces mots, la petite fille s'était dirigée vers la porte. La voix de Julien interrompit son geste :

– Reste, Adélaïde, c'est en quelque sorte le testament de ta sœur, tu dois l'entendre.

Le commissaire Thomas ébaucha un geste signifiant qu'il désapprouvait cette cruelle initiative qui ne pouvait manque de peiner davantage une si jeune enfant. Mais le regard droit et déterminé d'Adélaïde lui fit reposer sa main. Julien de Lière commençait sa lecture.

XXIX.

« J'écris ces lignes au soir de la mort de Madame d'Ardanges, car j'ai le pressentiment qu'il va m'arriver quelque chose, mais je ne sais ni quand ni où. Lorsque vous me lirez, mon cher Julien, je serai très probablement morte. N'en concevez aucune peine, je crois à la Résurrection et ai toujours su que mon passage en ce monde serait bref.

« Ne me demandez pas d'où me viennent de telles certitudes. Depuis que je suis en âge de raisonner, j'ai toujours ressenti par anticipation une multitude de faits à venir. Peut-être suis-je voyante, peut-être suis-je sujette à des prémonitions mystérieuses comme si j'entendais ce qu'un sourd ne peut entendre. Lorsque je suis venue vous voir en terre angevine, j'ai imploré votre aide, non pour moi, mais pour tout ce que je pressentais confusément… Et les faits, hélas,

n'ont pas démenti ces avertissements du Ciel.

« Il était pour ainsi dire normal que ce soit moi qui découvre les cadavres, non pas parce que j'avais l'habitude de me promener tôt le matin, mais parce qu'une intuition me guidait vers eux, une sorte d'instinct animal, comme celui d'un chien de chasse. Mais tout cela est de peu d'importance en regard de ce que je vais vous révéler à présent.

« Actuellement, il y a déjà eu quatre morts près de l'étang, dont trois à un endroit bien précis, non loin de la pierre couverte. Il ne peut y avoir quatre coïncidences, et que les causes de ces décès soient aujourd'hui connues n'enlève rien à ce qu'ils possèdent de suspect, d'incompréhensible. Non, ma certitude est faite : il y a autre chose, et c'est cette « autre chose » que je crois avoir découverte.

« J'ai dit plus haut que je trouvais naturel de retrouver les trois premiers morts. En fait, je m'aperçois maintenant qu'il s'agissait là du tout début de l'emprise qu'allait prendre sur moi une curieuse émanation qui trouva en ma personne, comme j'ai expliqué plus haut, un terrain favorable.

« Puis sont venus les songes, ou plutôt les cauchemars. Je ne les raconterai pas ici, car

je suis convaincue que le vocabulaire nécessaire à la description de tels rêves n'existe pas, c'est dire leur importance. Je me contenterai de révéler qu'en se mettant les uns à la suite des autres, ils formèrent une sorte de parcours initiatique, une fois décantés de certains apports flous inhérents à l'onirisme.

« Cette initiation pourrait se résumer à un voyage de la création du monde à l'épanouissement précaire d'une civilisation disparue, peut-être à cause de la haine ou de la guerre, qu'un homme, penseur, soldat ou prêtre voulut sauver de l'engloutissement.

"Je ne crains pas d'affirmer ici que l'âme de cet être s'introduisit dans la mienne par le biais de ces songes, et qu'il m'arrivait de penser, de réagir comme lui. Lorsque, comme moi, on croit à la Transsubstantiation, il est possible de croire à la métempsychose et à la réincarnation. L'immortalité de l'âme était déjà une constante dans les doctrines de nos ancêtres celtiques.

'Il est très vraisemblable, cher Julien, que vous et votre ami Monsieur Du Coët ayez poursuivi des recherches en ce sens, mais vous n'avez pas accordé assez d'importance à ces rêves dont j'ai fait une

fois la confidence à Pascaline, essentiellement pour savoir si elle aussi, d'âge et de sensibilité proche, n'était pas soumise à ces songes. J'ignorais alors ses accès de somnambulisme, ils me prouvent qu'elle n'était pas épargnée par cette force. Voyez là encore les raisons de la terrible accusation qu'elle a proférée contre moi et qu'elle m'a avouée plus tard.

'Vous raconter quelles ont été les angoisses que m'ont fait vivre ces songes, je ne m'étendrai pas sur ce sujet. J'avais le sentiment d'être tantôt moi-même, tantôt un autre. Et, lorsque ces forces s'opposaient en moi, ces combats me laissaient exsangue et terrorisée. Mais j'ai pu, jusqu'au bout, éviter d'inquiéter mon entourage, d'alarmer Maman et ma chère Adélaïde. »

Julien arrêta sa lecture.

– Comme elle a dû souffrir de garder tout cela…

Le commissaire et Monsieur Du Coët acquiescèrent en silence.

– Poursuivez, Julien, fit l'ancien officier au marquis qui reprit aussitôt le cours de sa lecture.

'Je n'ai pas encore abordé les rapports entre ma possession et les morts de la lande. J'y arrive, il est temps que vous sachiez que

je puis me prévaloir d'une présomption d'innocence en ce qui concerne les décès des deux premières victimes, car je n'étais pas encore sujette à ces cauchemars. Mais j'affirme être coupable de la disparition de Mademoiselle Vallemomble et de la mère de Pascaline.

'C'était involontairement moi, bien sûr, plutôt celui qui me hante. Longtemps, j'ai refusé de croire ce qui me semblait impossible, jusqu'au jour où mon propre chien que j'adorais et qui me le rendait bien, m'a attaquée de nuit, ne me reconnaissant pas, et que je l'ai combattu avec une vigueur qui n'était pas mienne, une cruauté inconnue à notre civilisation, qui m'a fait l'éviscérer et jeter dans la mare ses intérieurs, comme s'il s'agissait de chair sacrilège. C'est moi aussi qui ai attaqué mon oncle qui avait manqué me surprendre de retour d'une errance nocturne. Bien évidemment, toutes ces réflexions se sont fait jour progressivement dans mon esprit, mais maintenant, je ne puis nier l'évidence : certaines nuits, même mon aspect physique mue. À quoi est-ce que je ressemble ? Je n'ose l'imaginer, mais ce doit être quelque chose de terrible puisqu'elle a suffi à causer la mort de deux personnes.

‘Mais le plus grave de tout cela est qu’une partie de moi-même commence à prendre conscience de ce que fait l’autre partie. Je suis à la fois un autre, une réincarnation et ce qui demeure lucide en moi observe avec fatalisme et impuissance les actes de celui qui me soumet à sa loi.

‘Vous devez vous demander pourquoi je ne livre pas à un médecin ou à un proche l’existence de cette possession. Quelque chose me retient de le faire à nouveau. Sans doute celui qui me hante tient-il à conserver le secret afin d’accomplir ce pour quoi il est revenu dans notre monde et a pris mon apparence. De plus, qui pourrait accorder crédit à un tel récit, que je ne puis étayer que de maigres preuves. Même maintenant, mon ami, croyez-vous ce que je viens d’écrire ? Seule ma mort apportera la confirmation de tout cela, car pourrai-je survivre à la fusion de deux êtres, de deux âmes ? »

Julien de Lière était parvenu à la fin du manuscrit.

— Cette théorie est difficilement admissible, dit le commissaire au bout d’un long moment. Pourtant… elle explique clairement certains aspects obscurs…

— Mais vous vous refusez à l’accepter ? demanda le colonel.

— Sérieusement, Monsieur, me voyez-vous raconter cela même au plus ouvert des juges ? Non, pour moi, le meurtrier est toujours Vandoeuvre. Qu'il ait été aidé dans ses tâches macabres par le somnambulisme de Mademoiselle d'Ardanges ou par les errances de Fabienne de Trézent, je n'en disconviens pas. Officiellement, c'est en cela, et uniquement en cela, que ce récit concernera l'instruction, si Monsieur de Lière est d'accord. Bien sûr, officieusement…

Il laissa sa phrase en suspens et demanda l'autorisation de se retirer, arguant de rapports à rédiger. Lorsqu'il fut sorti, Adélaïde, que tous avaient presque oubliée, marcha vers le marquis.

– Julien ? Vous permettez que je vous appelle Julien, parrain ?

– Bien sûr.

– Julien, celui qui a volé l'âme de ma sœur, qu'allez-vous faire de lui ?

Ces messieurs se turent, embarrassés et interloqués. L'ancien officier se tourna vers la jeune fille.

– As-tu confiance en moi, Adélaïde ?

– Oui, Monsieur.

– Alors, crois-moi, j'agirai pour qui ce qui est arrivé à ta sœur ne se reproduise jamais plus. Et maintenant, petite, va...

Demeurés seuls, les deux hommes s'observèrent quelques instants.

— En pratique, que comptez-vous faire ? demanda le marquis.

Monsieur Du Coët réfléchit un instant.

– Quand la police le permettra, des archéologues viendront faire des relevés dans ce sanctuaire, et je les préviendrai qu'en raison de risques d'accidents ou de glissements de terrain, leurs travaux finis, je le ferai combler et murer pour l'éternité. Il n'y a pas d'autre solution, car, personnellement, je n'accepterai pas de vivre à côté de cette monstruosité. »

XXX.

Comme au soir de son arrivée, Monsieur de Lière fumait dans sa chambre, devant la fenêtre ouverte. Il ressentait une immense résignation faite de fatalisme et d'abandon.

Il avait longuement prié auprès de la dépouille de la jeune fille, allongée sur un lit-bateau Empire transporté au centre du grand salon de Kerlanneg qui, selon une tradition séculaire, avait été converti en chapelle ardente. Des tentures de moire noire masquaient les ouvertures, des cierges avaient été allumés. Et, devant le corps revêtu d'une robe blanche, tous les habitants du village, parés de leurs habits du dimanche, avaient défilé lentement.

Le comte, ses deux fils aînés, revenus pour la circonstance, Adélaïde et Julien avaient seuls représenté la famille, Madame de Trézent étant trop brisée de souffrance et de fatigue. La jeune sœur de Fabienne avait tenu bon, serrant convulsivement par instants la main de Julien durant l'éloge funèbre.

La cérémonie terminée, Georges de Lière et le marquis étaient restés un instant ensemble, reliés par un fil invisible qui avait été sectionné il y a bien longtemps et qui s'était comme par magie reconstitué au cours de ces douloureux événements. Puis Julien était demeuré en prière près de la morte dont le visage grimaçant semblait ouvert sur un monde lointain et angoissé.

À présent, il laissait vagabonder ses pensées, attentif au crépuscule qui s'amorçait, descente silencieuse d'un voile éthéré sur la lande engourdie. L'étendue de bruyère était vide de sons... Qu'étaient devenus les bruits fantasmagoriques qui avaient accompagné certaines de ses nuits ? Qui pourrait jamais les expliquer ?

Il avait prié Valentin de lui monter un repas succinct, ne se sentant pas capable d'affronter la peine de sa famille, de la mélanger à la sienne propre, craignant peut-être une sorte de contagion du malheur...

Fabienne avait fait appel à lui, et il n'avait pu empêcher sa mort cruelle... Le château lui-même commençait à l'insupporter, le lieu, la région... Après les obsèques de sa cousine, il partirait aussitôt que la bienséance le lui permettrait. Il ne pourrait plus soutenir le regard d'Adélaïde... Mais était-il vraiment le seul responsable de ces atrocités ?

Un vif chagrin l'étreignait. Il n'était revenu aux Landes Guibert qu'avec une cohorte de peine et de malheur. Son cœur avait subi un tel changement qu'il n'ignorait pas que, désormais, toutes ses joies seraient teintées d'amertume, que toutes ses jouissances auraient un goût de cendres.

* * *

La voiture était arrêtée aux portes de Rozenn. Julien de Lière hésitait sur la route à prendre, non qu'il ne connût pas son itinéraire, mais il venait de songer à Pascaline : ne serait-il pas décent de s'informer de son sort ?

Il était parti de Kerlanneg comme un voleur, pas même poliment, sans s'excuser préalablement de sa disparition soudaine, laissant derrière lui l'affliction et peu de regrets.

Il fit demi-tour pour rejoindre la route de Nantes.

* * *

Mademoiselle d'Ardanges ne l'avait même pas reconnu. Simplement, ses bras, en une imploration muette, s'étaient un instant tendus vers lui. Il l'avait longuement observée, sans rencontrer d'écho dans son regard qui ne voyait plus ce monde. Parfois, elle prononçait des phrases entrecoupées, où revenaient souvent les mots : 'Œil de la nuit... Sidh... le grand Vate...'

Le fait de seulement murmurer ces mots lui causait un accès de sanglots et d'appels plaintifs. Ses yeux constamment rougis se paraient alors de striures violettes et son visage se ravinait de larmes.

Le médecin expliqua :

– Elle est ainsi depuis sa venue. Traumatisée à l'excès. J'ignore ce qui a amené cette maladie, mais elle se refuse à sortir de son engourdissement. Elle boit, mange, se lave, mais son esprit est ailleurs, en veille. À part il y a trois jours : elle a eu l'air de se réveiller, et s'est enfuie du bâtiment. L'infirmière de nuit est venue me prévenir, et après de longues recherches, nous l'avons retrouvée au petit matin près du mur d'enceinte. Elle délirait, s'accusait du meurtre d'une certaine... euh... Fabienne, prétendant être habitée par un 'dieu-druide' revenu sur terre pour venger son peuple autrefois massacré par les armées romaines... »

Cela s'était passé le soir de la mort de Fabienne dans le sanctuaire celtique.

Julien de Lière serra les dents. Il ne doutait plus, la lignée était maudite, elle devait s'éteindre. Il monta dans sa voiture et démarra, résolu à ne plus jamais revenir en ces lieux.

TABLE DES MATIÈRES

Autres livres de Micheline Cumant :

Parus aux Éditions Books On Demand ou chez Create Space Independent Publishing Amazon.

Les éditions Books On Demand sont distribuées par Sodis, tous les ouvrages sont disponibles en livres papier et ebooks, sur les plateformes du Net et chez les libraires.

Les ouvrages parus chez Create Space Independent Publishing sont disponible chez Amazon, en livre papier et ebook Kindle.

► Monsieur Barbotin, Maître en Musique – Ou les tribulations d'un génie méconnu.
Roman historique. BoD, 168 pages, 12/2012.

► Le réveillon de Socrate.
Roman policier. BoD, 148 pages, 2è éd. 08/2018.

► La vengeance de Shiva.
Fantastique et légendes. Create Space, 156 pages, 08/2015.

► Je m'ennuie...
Recueil de nouvelles. BoD, 142 pages, 11/2015.

► L'Ombre descendit sur le jardin.
BoD, 132 pages, 06/2016.

► Les Eaux profanées.
Fantastique et légendes. BoD, 108 pages, 07/2016.

► La mort dans les cromlechs.
Roman policier. BoD, 240 pages, 08/2016.

► Nestor, un cheval dans la Grande Armée.
Roman historique. BoD, 276 pages, 07/2017.

► Je joue du violon et je déteste les gares.
BoD, 274 pages, 04/2018.

► Le mort de la fontaine romaine.
Roman policier. BoD, 408 pages, 01/2020.

► L’île au nord du monde.
Fantastique et légendes. BoD, 248 pages, 03/2020.

► Piano et Balalaïka.
BoD, 320 pages, 10-2020.

► Les sept dormants.
Fantastique et légendes. Create Space, 30 pages, 06/2021.

► L’éveil à la nuit.
Fantastique et légendes. Create Space, 41 pages, 06/2021.

► Être une autre.
Create Space. 80 pages, 06/2021.

► Le Diable joue en do Majeur.
Romance fantastique. BoD, 288 pages, 06/2021.